[美] 瑞德 著

小文子

童年的漂流瓶

DRIFTING BOTTLES

学林出版社

童年是一个人人生观和价值观养成的黄金时期，我们的跨国结合让人们对我们的成长经历感到好奇。于是，我们萌发了一个想法——联手撰写一本书，一本关于我们童年的书。通过穿插着阅读我们的故事，你会看到两个来自不同国度的同龄人童年生活的方方面面：家庭的、学校的、社会的……当然还有那个时代两个国家的轮廓。

序 一

　　我第一次来到中国，来到杭州这座美丽的城市时，惊喜地在西湖边发现了熟悉的树影——北美红杉。那是北加利福尼亚州独有的树，是来自我家乡的树。

　　我惊叹地在这片红杉林边来回踱步，不仅是因为这几乎是只能在我家乡找到的物种，还因为一种溢于言表的感动：看来冥冥之中，缘分早在半个世纪以前就已经注定——一棵红杉树跨越世界最大水域，来到这里，作为中美两国的"定情信物"被栽种在西子湖畔，如今在这里繁衍出了一片后代。当年的破冰之旅，尼克松总统为什么选中我家乡的红杉树作为国礼？为什么又选择栽种在我的未婚妻小文子生长的地方？这其中的机缘巧合让人回味无穷。

　　三年后，我和小文子回到杭州，在西子湖畔，在红杉林的见证下，携手步入了婚姻的殿堂。

　　我和小文子分别来自两个不同的国度，从小受到不同文化的熏陶和影响，但是我们最终走到了一起，如今一同过着非常和谐的、天堂般的生活。这不禁让人好奇，是什么样的成长经历使我们如此般配？

　　我想借助此书来展示我在美国非常独特的童年。通过和我妻子在中国的成长经历作对比，你可以看到，尽管我们成长在不同的国家，并且这两个国家在历史上并不是一直都友好，但是最终你会发现，只要我们愿意友好相处，我们便可以彼此成就，并获得共同的利益，甚至像我们这样收获爱情和婚姻。无论如何，我们生活在同一个地球上——我小时候玩的电玩她也玩过，看的电影她也看过。我作为一名娱乐艺术家，和她有着如此多的相似之处，我们有着千丝万缕的联系！所以推而广之，中国和美国，这两个国家最终只有合作才会有更长远的共同利益。

　　在过去的几十年中，美国和中国都发生了变化，而在过去的十年中，变化的速度似乎在逐渐加剧。

　　可怜可叹的是，我们在不断探寻新的出路的途中，动作严重走形——美国与曾经使自己变得强大的立国根本渐行渐远。历史上，美国和中国都有着艰苦奋斗的传统。现在中国还秉持传统，但美国却已经变得极其……美国人似乎已经忘记，是什么样的核心价值观让我们建立起这样一个伟大的国度。

　　我和中国家庭结合后，越来越多地在中国人身上发现自强不息、艰苦奋斗、顽强拼搏的精神。当现代美国人正在享受生活的时候，他们不知道在大洋彼岸，那十几亿中国人为了超越自我，愿意更努力、更长久地工作！

　　在环游中国期间，我注意到中国的一种特殊文化特色，它不

枝形吊灯树（Chandelier Tree）（《侏罗纪家园》）

红杉树州立公园里静静躺着许多被砍伐的巨大红杉树原木，诉说着加州淘金热时洪堡湾伐木业的辉煌，每每看到孩子们在红杉树上攀爬探索，瑞德都会想起和表兄弟的童年时光（《侏罗纪家园》）

橡树乐园（《侏罗纪家园》）

小文子在西湖边写生（《西子湖》）

仅体现了中国古老的历史传统，还融合了美国的现代文化。中国现在也在提倡追求自己的"中国梦"，这和我们的"美国梦"听上去非常相似，最大的不同是，梦发生的地点不是美国，而是中国。

2020 年 5 月于美国加州

多年前一个炎热的周末的下午，阿罕布拉市的一家咖啡馆前排起了长龙，我坐在靠窗的位子抱着速写本画画。店里熙熙攘攘，透过川流的人群，我发现墙角的位子上也坐着一个在纸上涂鸦的男孩。就在我们四目相对时，意识到做着同样事情的我们都会意地笑了——这就是我和瑞德第一次"合拍"的经历，那时的我们怎么都不会猜到，隔着两排桌椅，我们已经看到了未来的另一半……

之前有好奇的朋友问起："有一个美国人伴侣是什么样的体验？"

我转转眼珠："你指什么？"

朋友回道："嗯……三观吧？你们会有哪些三观不合的地方？"

这使我陷入了良久的沉思，因为不知道是不是运气，我和瑞德从相遇的那一天起，就在不停地在发现我们默契合拍的地方。至今为止，每发现一处，我们都会不约而同地惊叹命运的巧合，当然也会感叹世界的大同。瑞德经常会笑着对我说："我可是 2% 的中国人哦！"——由于盛传印第安人是一万六千多年前穿越白令海峡到达美洲的东亚人后裔，所以拥有 2% 印第安人血统的瑞德总是爱拿它开玩笑。在全球化日益加速的今天，人种的融合、文化的融合使得大家的生活方式越来越趋于相同，思想观念也在变得接近。

童年是一个人人生观和价值观养成的黄金时期，我们的跨国结合让人们对我们的成长经历感到好奇。于是，我们萌发了一个想法——联手撰写一本书，一本关于我们童年的书。

创作初期，我们遇到了很多困难，我们很难定位我们共同的写作风格：瑞德会像我们印象中的美国人那样，滔滔不绝、天马行空地发表自己的想法，而我则更多地在老老实实地叙事。但我们意识到，也许这样的对比会更加有趣，更能体现我们不同的性格，所以我们决定用随笔的方式来叙述童年。此外在写作过程中，正赶上全球疫情，我留在国内长达九个月。于是我决定利用这个机会，与瑞德异地写作。这样我们可以彻彻底底地从各自的角度、不受对方思想羁绊地重新回望童年。

那段时间，相隔万里，我们每天通过电邮分享自己的童年故事，点击发送键的那一刻就好似将装有秘密的漂流瓶扔进太平洋。然后焦急地瞭望着，盼望早些捡到大洋彼岸漂来的玻璃小瓶……孤寂之余却也不乏浪漫。所以撰写本书最让我兴奋的，是当我将故事放在一起阅读时发现的一连串奇妙对比。

我们会注意到差异：我这个在中国城市里长大的孩子绝难想象和二十五只猫、五条狗一起成长的美国乡村生活；而瑞德诧异于，连他曾祖父辈都习以为常的超市，直到我上小学以后才在我生长的城市出现……

我们也会找到许多相似的童年记忆：在瑞德的童年回忆中，美国孩子对日本动漫的痴迷根本不亚于美国本土动漫。相隔了一个太平洋，日本动漫留给了我们这一代人共同的童年记忆和青春梦想，这是我始料未及的。

而且瑞德关于"911"记忆的描写，也瞬间将我拉回了事发当天我和家人深更半夜观看凤凰卫视现场直播的惊悚时刻，以及第二天在学校与同学们热议恐怖的场景……这都和瑞德撰写的往事惊人相似。

通过穿插着阅读我们的故事，你会看到两个来自不同国度的同龄人童年生活的方方面面：家庭的、学校的、社会的……当然还有那个时代两个国家的轮廓。所以当我们放下书稿对视彼此时，会惊喜地发现，我们更加了解彼此以及彼此的国家了……

二十几年前，我和瑞德在地球的两端各自谱写我们的人生，而走到一起后，我们将铺开一张共享的"记忆画卷"，共同在上面挥毫泼墨——毫无疑问，此书也将为它添上温馨的一笔。

2020 年 5 月于中国杭州

目 录

外面世界很精彩

活成喜欢的模样

难忘的时代印记

写在后面

一方水土
一方人

　　我和我的表兄弟将它定义为我们的秘密基地，把玩具兵和模型车等藏在树屋里，在树上玩捉迷藏，荡轮胎秋千，然后爬上树顶瞭望……这是我童年生活很大的一部分。

　　一个阳光和煦的午后，父亲在整理车库时惊喜地从浮尘中捧出了一箱大约封存了三十年的家庭录像带。于是，夜幕降临后，我和父亲生起火，坐在壁炉边开始一盘一盘地回放起来。

　　看着看着，我们竟然发现好些我婴儿时期的"黑历史"：我在亲戚婚礼现场尿裤子，我在第一个生日派对上捧着比我还大的生日蛋糕……

　　有一个1990年的片段引起了我们的特别注意——父亲拍摄了一个雪后的晴天，三岁的我和表兄在家后院树林里玩耍的场景。远景中，我们在雪地里打闹嬉笑，树影婆娑中，像极了两只活蹦乱跳的小松鼠。然后我们在山坡一侧的雪地上坐下，准备顺着斜坡"滑雪"。父亲连忙将镜头推进，我在神气地滑下去时，并没有注意到前方一棵被雪覆盖的小树苗，莫名其妙地被绊了一个"狗啃屎"，全身扑在雪地上号啕大哭。

父亲和我哈哈大笑之余忙不迭地又回放了几遍，我们几乎都不敢相信自己的眼睛：画面中的小树苗正是当年父亲为了纪念我出生栽种的，现在已经长成了需要两人合抱的参天大树，然而在录像中却是只有大拇指粗细的小不点儿！

关上录像，我们呆坐在屏幕前良久。静静的客厅里柴火声噼啪作响，回荡着的，是我们对岁月匆匆流逝的感慨。

我的幼年时期是在加利福尼亚州北部洪堡湾的一座大山上度

"枝形吊灯树"是一棵276英尺高的海岸红杉树，位于加利福尼亚州洪堡湾莱格特，该树因底座有一个高宽6英尺的孔洞可以使汽车通过而闻名

过的，这里是著名的红杉树国家公园所在地，有着地球上最大最高的树。如果你无法想象这里的植被是什么样的，你可以看一遍电影《侏罗纪公园》，因为这里就是包括《星球大战》在内的很多好莱坞电影的外景拍摄地。山中的大多数"原住民"——那些两三千岁、高耸入云的红杉树，树干粗得需要六个成年人合抱，它们曾经在恐龙称霸的时代在全球广泛分布，所以红杉林也是当代最接近恐龙时代的地方。洪堡湾常年被太平洋上的雾气所笼罩，气候湿润，成了红杉林在地球上最后的栖息地。可惜的是，在 18 世纪的淘金热中，红杉因耐腐耐火耐虫蛀的优异特性，被视为贵重的建筑用材，大片大片的原始红杉林被大兴土木的开发者们砍伐得所剩无几。

可以想象，我家山上也曾密布着巨大的原始红杉，可惜的是现在只剩下水杉等其他植被，但是它们仍然生长着巨大的树枝，非常适合孩子们攀爬。

童年时，我和我的表兄弟在后院就发现了"一棵"造型奇特的树，它张牙舞爪地向四处延伸，特别庞大，其实这是"一棵"底部由三棵橡树连接在一起的巨型橡树。我和他们爬到树顶，在那儿放置了一架望远镜，以便下次爬上去时可以随时俯瞰山脚下的红木山谷，观察对面山腰上绵延的高速公路，或是眺望远处山峰上的积雪和落日……父亲为我们在橡树低垂的树枝上用粗绳拴上了一个橡胶轮胎当秋千，又在另一根树枝上用木板为我们打造了一个树屋，树屋外还架起了半圈瞭望平台。橡树茂密的树叶将我们的乐园遮蔽得十分隐秘，我和我的表兄弟将它定义为我们的

瑞德手持车钥匙，
要带大家去兜风

秘密基地，把玩具兵和模型车等藏在树屋里，在树上玩捉迷藏，荡轮胎秋千，然后爬上树顶瞭望……这是我童年生活很大的一部分。

从我家向西驱车约二十分钟，就可以看到太平洋。在树林密布的山崖下，就是绵延的海滩，以及岸边大大小小形状各异的礁石，无比壮阔。这里不像南加州海滩那般拥挤，我们可以经常漫步在海边，享受私人海滩的胜景——儿时我会抓住一切机会要求父母带我们来海边，孩子们用沙子堆城堡，捡贝壳和鹅卵石，父母则是在远处遛狗，或是在沙滩上躺着小憩……最后我们一家人在海滩上欣赏天边的落日余晖，那都是十分浪漫的回忆。

　　不远处家长们在茶楼里喝茶聊天的嘻嘻哈哈，温暖阳光洒在画纸上的斑斑驳驳，还有风里夹杂着的龙井茶的清香，都构成了我儿时最美好的回忆。

　　"上有天堂，下有苏杭"，可惜的是，生长在天堂里的我对此有真正感触，是在离开以后。

　　西湖对于许多朋友来说是一个梦寐以求的旅游胜地、一生必去的网红打卡点，或是许仙白娘子这般神话故事中的梦幻场景。但是对于我来说，是亲切得不能再亲切的"自家后院"。我从小就围着西湖转悠：划船，捉鱼，捞荷叶……儿时无数的欢笑和泪水都在这一汪湖中，每每回到她身边，都像回到外婆家一般。

　　四岁那年的夏天，正是荷花盛开的季节。周末，妈妈带着我约上邻居立立和立立妈妈一同前往西湖赏荷。和我同龄的立立可谓我的青梅竹马，上小学前，我们一起玩，一起上少年宫……中山公园外，一艘满载荷花的手划船上小贩正在吆喝着，妈妈们为我们分别挑了两朵，我们就一人举着一朵荷花，翻过孤山，欢天喜地跑到了西泠印社后的里西湖玩耍。这里相对比较僻静，游人很少，妈妈们尾随着，并在湖边转角找了个长椅坐下聊天。我和立立看着湖里"接天莲叶无穷碧"，心里便痒痒地想要采一片荷叶来玩玩。无奈离岸边最近的荷叶也有段距离，于是我们俩就想出了猴子捞月一般的"妙计"——由立立拉着我，我坐在岸边用一只脚去够那片荷叶。"往前，再往前一点点就够到了……"立立拽着我的一条胳膊为我打气加油，我绷直脚尖拼命地往湖里伸，还没等我够到荷叶，"扑通"一声，屁股滑落岸沿，我一下子坐到了水里，紧接着又是"扑通"一声，立立也倒栽葱一般扎进湖中。没等我们开始挣扎，甚至我们还没反应过来发生了什么，就被两双有力的大手迅速地拎出了水面。上了岸我俩都蒙了，浑身湿漉漉地转身奔向不远处的妈妈们。错愕的妈妈们这才知道闯祸了，急忙拉着我们去找救命恩人，可是事发现场除了一地的水花，空无一人，似乎只有摇曳的柳树见证了这一切。但我在被拎出水的一瞬间，依稀看到了一袭白色连衣裙，以及一旁的蓝色西裤和白衬衫，他们仿佛是一对年轻的恋人。最终我们连救命恩人的脸都没顾得上看清，更谈不上感谢，他们就默默地离开了。这一片湖区游人稀少，现在回想起来都细思极恐……他们究竟是谁？这永远成了一个谜，让我感到愧疚。每每路过此地，我都在心里默默地感谢和祝福这对恋人。

再大一点，西湖变成了我的模特和天然教室。一到周末，小学同班同学们忙着上作文班和奥数班时，我的父母却放任我和少年宫一群学速写的小朋友到大自然里写生。天气不好的时候，

望湖楼速写

我们躲在望湖楼里画西湖，感受并记录下杭州"老市长"苏轼笔下"黑云翻墨未遮山，白雨跳珠乱入船"的奇观；等天转好的时候，我们又跑到湖边继续画"卷地风来忽吹散，望湖楼下水如天"的胜景。到了中午，人往往多了起来，有时我就和妈妈来到望湖楼一侧的长廊里倚着康熙的一副对联就餐，现在想来非常奢侈。整整半年，我们每周都在望湖楼周边打转，这座位于断桥东侧、少年宫西侧，傍湖而建的西湖名楼曾是我最熟悉的古建筑。

接下来的一年里，我们从望湖楼画到断桥，再从断桥画到六公园……湖光山色尽收于我的速写本中。从最初的铅笔，再到钢笔，最后到水彩……各种写生技法都被我一一尝试了。西湖边游人如织，而在湖边写生的我们也成了一道靓丽的风景。我们既享受大自然的清新空气，也享受游人的啧啧夸赞。就这样，不远处家长们在茶楼里喝茶聊天的嘻嘻哈哈，温暖阳光洒在画纸上的斑斑驳驳，还有风里夹杂着的龙井茶的清香，都构成了我儿时最美好的记忆。

我的太外公

　　我想，我的太外公就是旧美国的一部分，是旧美国纯真和可爱的那一部分，亦是我们今天逐渐失去的那一部分吧！

　　"你是我的阳光，我唯一的阳光，当我的天空阴沉的时候，你给我带来快乐……"在我上学前，我们家天天都洋溢着快乐的歌声，而你很难猜到，唱歌的是我年近百岁的太外公。直到他生命的尽头，他还在全身心地为他一生的挚爱——我的太外婆忘情地歌唱着。即便我的太外婆在我两岁时已经过世了，他还是时常为我们讲述他们的浪漫往事——他和太外婆于1922年在爱荷华州结婚，婚后他们一同繁忙经营着一大片农场，之后他们在华盛顿州辛勤工作了好几年，但最后因北加利福尼亚州伐木业的红火而选择定居洪堡湾。言语中，太外公总是难以掩饰他只和太外婆厮守终身的幸福，以及他知道自己死后还可以和她在天堂相逢的快乐。

　　就这样，他不知疲倦地每天都为自己的妻子歌唱着，我和我的表兄弟沐浴在他的歌声中，被他的爱所感动，更被他的热情所感染，我们也想要成为像他那样热爱生活、带着目标生活的虔诚而又可爱的人。

太外公的健康活力和热情开朗不仅影响了他的家人，也引起了社会广泛的关注，当地报刊特别对他的事迹进行了报道——一个年近百岁的老人欢快地骑着他心爱的古董三轮车在城市街头的照片，连同他的生平竟然在头版头条被登载出来。大家都被这个可爱的形象所吸引，也对他健康活力背后的秘诀感到好奇，争相阅读他的故事。

那是一个多么美好的年代，一个将普通民众可爱的形象和故事放在媒体头版头条的年代……我想，我的太外公就是旧美国的一部分，是旧美国纯真和可爱的那一部分，亦是我们今天逐渐失去的那一部分吧！

太外公到了一百岁的时候，渐渐变得不那么爱动了，每天大多数时间都是倚在客厅的躺椅上度过的。而相反地，我到了顽皮好动的年纪，每天在屋里屋外冲进冲出，忙个不停。一天傍晚，我在客厅里拍皮球玩，一不小心，球飞向了正在躺椅里打盹的太外公，恰巧落在他那随呼吸一起一伏的胸膛上。看到太外公一动也不动，生怕惊扰到他美梦的我舒了口气，蹑手蹑脚地走到他身边，屏息将两只小手慢慢伸了过去……忽然，我的手腕被两只大手一把抓住！那双手是那么坚硬有力，好似两只钳子，让我瞬间不能动弹。身高近两米的太外公的那双手好像绿巨人的双手一般巨大，而多年的劳动也将他的手磨砺得如同石头一般坚硬，五岁的我的幼嫩的小手第一次触碰到那些老茧，被夹得生疼——那也是我第一次感受到辛勤工作一辈子的美国老一辈劳动人民的双

1988 年，瑞德的太外公坐在懒人
沙发椅上，手里抱着一岁的瑞德

手，虽然布满沧桑，但它们似乎也在诉说着强烈的
责任感、辛苦的岁月和充实的人生……这样的手在
现代社会中，我再也没有见到过第二双。

　　"啊！！"太外公的突然"复活"让我吓得尖叫
起来，而他却因为成功吓到我而开心得哈哈大笑。
"原来他刚刚是为了吓唬我而在装睡啊！"被捏得
手腕生疼的我有些气恼，心里默默想着，以后一
定要加倍小心……太外公还是那个老顽童，可不
能小看了他啊！

　　几个月后的一个清晨，我早早地起床。屋里暗
沉沉的，太外公还是躺在他最爱的躺椅上。我越发
小心地从他身边侧身走过，"吱呀"，我推开大门，
特意转身望了望，他还是睡得那么沉。我一边抽身

离开屋子一边暗自庆幸：“哈哈，这次我赢了太外公！”可是正当我在院子里玩得高兴时，屋里家人爆发出一阵惊叫和哭声，吓得我滑手将皮球掉落在地上。

太阳慢慢升起，我匆匆跑进屋里，只见一抹阳光洒落在太外公安详的脸上。原来，太外公既没有在沉睡，也没有在装睡，这一次，太外公永远都不会醒来了。是的，他就这样静静地在梦中离开了这个世界，走完了他 101 个年头的漫长人生。

这是我记事以后第一次亲历亲人的死亡，但我没有感到害怕，因为太外公直到生命的最后一刻依然是快乐和幸福的，而他终于能在天堂和挚爱一生的妻子重逢了……

写到这里，我的耳边仿佛又回荡起他欢快的歌声：“你是我的阳光，我唯一的阳光……”我想，那一定是他在天堂为太外婆吟唱吧！

摇到外婆桥

　　朦胧中，我看见一柄圆形的蒲葵叶扇伴随金铃子的鸣声开始一上一下，老人家坚信电扇会让孩子着凉，即便再疲惫，她还是坚持像钟摆一样有节奏地为我摇扇祛暑。

　　街角的弄堂口，一个老汉倚墙坐在地上，手里摇着老式的爆米花机。那黝黑的小炮筒在炉子上翻滚着，围在一边的孩子们有的捂着耳朵，有的摩拳擦掌，就连流浪狗们也摇着尾巴被香气吸引过来。

　　忽然，弄堂里出现一个穿着对襟盘扣外套、步履蹒跚的老太太，被一个小女孩不停地拽着向爆米花摊走，嘴里还嘟囔着："阿布（外婆）快点，不快点要买不到了……"走近了，走近了，在弄堂口我们迎面而过，我驻足——啊，那不是外婆与我吗？正当我望着祖孙俩可爱的背影发愣，"砰"的一声巨响，爆米花机盖炸开了，腾起一片烟雾。我一惊——外婆不见了，童年的我不见了，孩子们也不见了……只剩下那个将金黄的米花倒进箩筐里的老汉的落寞身影，以及他身后墙上大大的"拆"字，它们似乎在诉说着这里的繁华已落幕……

几年前，在外婆家一带老小区拆迁前，我在清明扫墓时最后一次拜访了那里。钻进细长的弄堂，满目的"拆"字与那种清冷让我不寒而栗。大多数住户都已经搬离了，我最后一次踏入一楼外婆家的小院。

江南的雨水淅淅沥沥，抚摸着外婆家粗糙的水泥院墙，淌过厚厚的青苔，一滴滴地落在小院的褐色粗陶瓦缸里，发出"叮咚叮咚"的声音，让我听得有点恍惚……记忆里，那水缸一直都比我高，我曾试过扒着向里看，可是任凭我怎么伸长脖子踮起脚都无法看到缸里的模样。于是，它就成了我童年与"月球背面是什么"一样解不开的神秘与向往。我躬身抚过大瓦缸和院子里的每一块砖石，低声和它们道别。

"吃饭咧！"路过客厅，仿佛从厨房里传来外婆轻柔的声音。印象中，外婆是一个少言寡语、从容而优雅的老太太，当我做错事的时候，她最多就是皱皱眉头，从来都不会因为愤怒而失了仪态。但是这份矜持只保持到我受委屈的时候……

记得三岁的时候，我经常在外婆家客厅的八仙桌和太师椅下和空气捉迷藏。将脑门磕在桌子腿上也是难免的事，但是有一次我伤得特别厉害——"哇！"外婆那份有条不紊与从容立马不见了，她扔下灶头上正在切的菜，三步并两步冲进客厅来"救火"。只见我仰面瘫坐在地上抱着脑袋上的肿包，眼里满是委屈的泪水。

"坏台子！坏台子！"外婆一边假装生气地用左手抽打着八

1989 年，小文子的外婆抱着她（右一）
与表姐一起坐在沙发上

仙桌，一边心疼地用右手抚摸着我的脑门，为我
的伤口快速吹气，"乖，勿（不）要哭哦，都是台
子勿（不）好！……坏台子！坏台子！……"然
后继续啪啪地惩罚着八仙桌。一边的我先是看傻
了，为外婆如此为我"打抱不平"而感到震惊，
不一会儿我便破涕为笑，不仅是因为滑稽，还因
为自己受到了无条件的袒护与娇宠而感到喜出
望外。

　　来到外婆曾经的卧室门前，我似乎看到外
婆每晚为了哄我睡觉，抱我在窗前看风景的背
影——被托管在外婆家的我总觉得这里的夜晚静
得可怕，既没有邻家的电视声，也没有街上的车

流声，我甚至不敢在漆黑的环境下睡觉，外婆就整夜为我亮着床头的灯。可是每晚睡前我仍然哭哭啼啼："妈妈！我要妈妈……我要回家！……"

夜愈发深了，万籁俱寂。"呜——"从很远很远的地方幽幽地传来一阵浑厚的汽笛声，声音冲破长空。近了近了，"呜——"又是一声。

"喏！快听，快听！"外婆连忙把我抱到窗户前："是火车来了，是妈妈来了！"我那双泪汪汪的眼睛忽然瞪得老大，挥动的小手也放了下来。外婆的这一招就像魔法，狂躁的我被一下"定住"了，静得像一只蹲守的小猫，一动不动地竖起耳朵，只想捕捉到更多远处的声音。"呜——"几秒钟后又是一声，我内心居然开始感到了踏实。那声声的火车汽笛，有远有近，在我幼小的脑海里勾勒出一幅幅不同的画面：妈妈搭乘火车来接我的画面，我和外婆一起坐火车出游的画面……外婆终于可以舒口气，俯身将我慢慢放到床上，为我铺上毛巾毯，然后蹑手蹑脚地在床边点上蚊香。那一抹淡雅的檀香，也是我记忆中外婆家的味道。

朦胧中，我看见一柄圆形的蒲葵叶扇伴随金铃子的鸣声开始一上一下，老人家坚信电扇会让孩子着凉，即便再疲惫，她还是坚持像钟摆一样有节奏地为我摇扇祛暑。"从前啊，有一个'木头（笨蛋）女婿'……"外婆开始用海宁方言为我讲述起民间传说。这时，远方又传来"呜呜"的汽笛声，我内心变得越发平静……在浑然天成的催眠曲中，我开始慢慢进入梦乡，被折腾了一天的外婆也如同发条快被用完了一般，脑袋开始变沉。"啪"，当越摇越慢的蒲扇不小心落在我身上时，我惊得扭动身体，外婆一下从瞌睡中醒来，忙不迭地强打起精神继续为我服务……这样来回几个回合，祖孙俩的脑袋才总算靠在一起，一同睡去。

……

"滴滴滴……"高铁车厢的车门随着一阵轻柔的电子音缓缓闭合，结束了我清明到外婆家的扫墓之旅，这份出奇的安静让我总感觉少了些什么。哦，是那一声划破长空的火车汽笛声。现代火车虽然降低了噪声，但是对于与绿皮火车一起成长起来的我来说，终究感觉缺失了开启旅程时那种庄重的仪式感。况且它对于童年的我与外婆来说有着不一般的意义。

多情自古伤离别。火车启动了，望着远去的站台、飞过的树影，不知是高铁贴地飞行般的速度，还是我湿润迷离的双眼，窗外的景色变得越来越模糊。忽然间，堵在胸口的寂寞与伤感竟让我无语凝噎——一个个触目惊心的"拆"字，抹去了多少外婆的印记。现在我又意识到，就连承载我和外婆美好记忆的汽笛声也终将，终将永远消失在历史的长河里。

从表面上看，这个世界仿佛对吉姆姑父特别善良，给予了吉姆姑父所能给予的一切美好和荣光。但是在我小时候，我在背地里更多看到的是他像军人那样的自律和钢铁一般的坚毅品格。

许多孩子在成长的过程中都会找寻他们的榜样，这些榜样或高高在上，或远在天边，是一个见一面都不可能的偶像人物。然而我却非常幸运，在我童年的大部分岁月里，有一个光芒四射的人物就在我的身边——吉姆姑父就像是我的偶像阿诺德·施瓦辛格一般，在人生的很多方面都取得了让人惊叹的成就，许多人一辈子拥有他的任何一项成就就已经了不得了。翻看他的履历表，丰富的阅历让人眼花缭乱，并且他在所有他所尝试的领域中都做到了顶尖，成为"要么不做，要做就做到最好"的典范。

吉姆姑父 1931 年出生于加利福尼亚州洪堡湾，他的母亲是当地历史上第一名女性律师。在他很小的时候，他就跑到街上去收集可以回收利用的金属废料，帮助用于生产抵抗法西斯的武器。第二次世界大战结束后，吉姆姑父跟随家人进行了一次环球旅行，造访了战后的日本和欧洲等地，开阔了眼界，战争过后的破败也深深震撼了年少的吉姆姑父。随后他进入世界最昂贵的贵族寄宿学校，有着"国王学院"美誉的萝实学院（Institut Le Rosey），和欧洲的贵族乃至王子一起学习，接受了最为严格的教育。在此期间，他还与同学阿迦汗四世王子一同带领着四人赛艇队，在瑞士卢塞恩举办的全国公开赛艇锦标赛中夺得冠军。

　　高中毕业后，他又像他的母亲和其他两名兄弟一样，顺利地进入斯坦福大学，学习法语。在校期间，吉姆姑父加入了斯坦福的橄榄球队和赛艇队，出色的运动天赋和优异的表现让他立马成为场上最亮眼的主力。他还尝试了职业级别的橄榄球比赛，差点

┃ 20 世纪 70 年代，瑞德的姑父吉姆在摩托车比赛中的英姿

瑞德的姑父吉姆一直放在办公室
书架上的年轻军装照

加入了"旧金山淘金者队"这样的职业球队。

从斯坦福大学毕业后，吉姆姑父选择了参军，在通过极为严格的考核和选拔后，成为美国陆军特种部队中最精锐的一支——"绿色贝雷帽"精英集团的一员。在升职到了指挥系统，并且带领和训练新兵后，吉姆姑父又毅然离开了军队，回到斯坦福大学学习法律。几年后，他以班上最优异的成绩毕业，回到洪堡湾成为一名律师。几十年来，吉姆姑父一直以当地最好律师的口碑闻名遐迩。此外，他和我姑妈联手打造的"地产帝国"又让他在副业上获得成功。

也许你以为这就是吉姆姑父辉煌故事的终点，可对于吉姆姑父来说，这只是另一个传奇的开始：

在繁忙工作的间隙，吉姆姑父又爱上了难度极高、极具冒险的越野摩托车运动。吉姆姑父曾带着我父亲一起参加山地摩托车训练，可是第一天回来父亲就抱怨说，"这简直就是折磨！世界上怎么会有人痴迷这种自虐的运动?!"但是吉姆姑父一生都在挑战当地、全国、海外的各种"自虐"赛事，取得了包括金牌在内的一箩筐荣誉。被他在技术上碾压的对手们绝对不会猜到，他只是个为了从沉闷的律师事务所里出来透透气，找点乐子的业余选手而已。

从表面上看，这个世界仿佛对吉姆姑父特别善良，给予了吉姆姑父所能给予的一切美好和荣光。但是在我小时候，我在背地里更多看到的是他像军人那样的自律和钢铁一般的坚毅品格。

我看到的那个吉姆姑父，一直秉持在部队的习惯：每天早上不到 5 点就起床，即便天寒地冻也坚持天天冲冷水澡，洗好澡后不用毛巾，而是快速用双手将皮肤上的水撩去，然后 5 点 30 分出门上班，6 点准时开业工作，一天工作十几个小时，有时连周末也在工作……

一次，吉姆姑父在摩托车比赛中出了事故，不仅断了三根肋骨和一根手指，还有多处内伤和外伤。我到医院探望他，眼前的吉姆姑父胸口五花大绑着，我从来没有见他如此狼狈过。"这一次吉姆姑父应该会好好静养一段时间了吧？"我想。

谁料到，仅仅一周后，一个夕阳西下的傍晚，我路过吉姆姑父的事务所时意外地发现灯亮着，从窗外我瞄到了一个熟悉的身影——老人家端坐在办公桌前写着什么，左手握成拳头搭在身边的一摞文件上，被包扎的拇指还直挺挺地朝天竖着。看到我，吉姆姑父打起精神，挺了挺身板："哈哈，我的客户不让我休假呢……"说完，脸上露出了一丝不好意思的笑容。的确，吉姆姑父在我印象中是永远的强者，从来不喜欢我们看到他虚弱和狼狈的一面，更不愿意被人同情，以至于很多时候我们都忘记了，他其实是一名需要被照顾的老人。我从事务所前门进去，决定"打扰"一下他，好让他不那么卖命工作。我从吧台那儿弄了些曲奇，端到吉姆姑父桌上，这才发现桌角上放着一排药，里面还有止痛片。我俯下身子，趴在桌面上问道："吉姆姑父，你的父亲有没有告诉过你什么，才让你变得那么厉害？"

吉姆姑父手中的笔忽然停了。"嗯……我的父亲告诉我，无论我做什么，即便我不喜欢甚至讨厌做，还是要沉下心来用 150% 的努力去做，"他顿了顿，有些喘，艰难地用受伤左手的

2018 年，瑞德的姑父吉姆携妻子参加圣诞晚宴（《150%》）

"圣诞老人"老徐爷爷（《我身边的圣诞老人》）

在一场冠军赛中，瑞德的舅舅罗比带球冲破对方防线达阵得分（《流星的尾巴》）

上学路上，小文子边吃早餐，边应对妈妈的提问（《"海狮"牌自行车》）

食指和中指夹起一页纸翻面，继续说，"不要找任何借口。这样就可以在各方面都做得很出色，这些话在我身上非常管用。"

"150% 啊？！我以为 100% 就了不得了呢……"看他没有半点要停下来休息的意思，我不依不饶，一边咀嚼着曲奇一边顽皮地继续追问："吉姆姑父，那你有没有停下来想一想你这一生所做的这些伟大的事呢？"

"我忙得根本没有时间停下来想一想……"自始至终他的眼睛都没有离开桌上的文件，而我分明看到了他脸上因为疼痛而沁出的汗珠。

周围的空气好像凝固了，我慢慢放下了我手中的曲奇，收起了嬉笑，安安静静地坐到了他的身边。吉姆姑父的回答短小而精炼，但是给我留下了太多的震撼。那天，我愣愣地看着他吃力工作的身影，他的身影好像正散发出一种光芒，很亮，很亮。

我想我将一生都铭记这次对话，因为它会一直鞭策我——即便我认为我用尽了我所有的努力，但是在这个世界上，总有像吉姆姑父这样的人，正在用 150% 的努力做事、做人。

我身边的圣诞老人

　　他一直在默默地匡正我们的言行，让我们见证了一个人的品行可以达到的高度。这种教育对于年幼的我来说，不是学校里的思想品德课可以相提并论的。

　　幼儿园大班的一天放学后，我照常被母亲从单位幼儿园接到办公室，新奇地发现她身后那张闲置的办公桌被归置得特别整齐——擦得闪闪发光的桌面中央放上了一块崭新的玻璃台板，桌面的左上角放着一只银色的保温杯，右上角规整地放着一小摞杂志。这种整洁程度和大办公室里其他六张办公桌显得格格不入。我立即对这张办公桌的新主人产生了兴趣："杂志社一定新来了一位讲究的漂亮实习生大姐姐……"我正兴奋地想象着，这时进来了一位六十岁左右的爷爷，他身形清瘦，留着精干的寸头，眉眼弯弯，双目炯炯。母亲告诉我，这是新来的老徐爷爷，是刚刚退休的老干部，到杂志社帮助工作，发挥余热。

　　之后的日子里，老徐爷爷不仅帮助杂志社做发行工作，还要回复读者来信。这些事很繁琐，甚至让人有点头疼。特别是处理读者来信，他要经常帮读者排忧解难，为他们向上级反映情况，做"正义的使者"。我不止一次从一旁听到他在电话里和有关部门沟通时锲而不舍、据理力争。虽然有时候也会碰一鼻子灰，但是他坚持实事求是、为群众呼吁的精神却影响了身边一大群人。"好帅啊！"忽然间，老徐爷爷不为名、不畏权、刚正不阿的作风让我这个小不点儿肃然起敬。

虽然遇到原则性问题时，他古板得有点可怕，但平时的老徐爷爷总是那样的朝气蓬勃和可爱阳光：每每大家一起出去郊游聚会，高兴时都少不了他嘹亮的歌声。而且即便到了七十多岁，他仍然生龙活虎，矫健得像一个小伙子。我好多次目睹他一个勾手，一收腹肌就蹿到了树上，让树下好多年轻小伙目瞪口呆。当然，好的身体也来自好的生活习惯，老徐爷爷的自律也让大家望尘莫及——他在繁忙的工作中总不忘每隔一两个小时便站起身来，操起三根弹簧的拉力器在胸口一字拉开，保持几分钟后再重新投入工作。他买了好几个拉力器，给部门每个办公室送了一把，不知不觉中号召了不少平时不爱运动的同事和他一起在室内做运动。

每次放学来到办公室，我都可以发现这里发生的细微变化，环境卫生日益改善不说，大家手头的办公用品也在悄悄地更新换代——订书机、剪刀、纸篓……渐渐地变成统一的颜色和款式。正当我纳闷时，一个阿姨忽然嘀咕了一句："哎，我的剪刀怎么找不到了……"还没等她翻找第二个抽屉，老徐爷爷已经从自己的抽屉里取出一把还未拆包装的剪刀向她递了过去。我在一边还瞟到他抽屉里满满当当全新的文具，"哇，那真是个圣诞老公公的背囊！"

原来，老徐爷爷观察到办公室里一些丢三落四的同事总是找不到东西，如果确实找不到了，他们可以向公家领，但又懒得领。于是老徐爷爷自己掏钱买了很多办公文具放在抽屉里，以备需要时提供给大家，这样大家就不会因为找文具而影响工作了。不仅如此，隔三岔五地，大家早上来上班时总能发现自己的办公桌上"长出"各种零食。原来，早上第一个到办公室的老徐爷爷不仅扫地抹桌打开水，还经常分发自己买的零食。他老人家买的零食还非常时髦——巧克力、威化饼干、蛋卷、糖果……我这个小馋猫也经常受益。

转眼我上了小学一年级。一个风雨交加的下午，放学后我跑到妈妈办公室，"妈妈，妈妈，明天老师要教我们怎么查字典！让我们今天去买《小学生字典》！"我兴奋地摇着还在伏案审稿的妈妈说。"哎，你看看，这么大的雨，天都暗了，多不方便哪！周末再去吧。你明天拿《新华字典》去。"母亲不耐烦地搪塞道。

第二天放学后，母亲有事不在办公室，我独自坐到会议桌角落里写作业，还在对当天上课没有《小学生字典》而闷闷不乐。"文文哪，你看看，是不是要用这个啊？"一本红色塑料封面的《小学生字典》忽然出现在我的面前，我一抬头，看到的是老徐爷爷慈眉善目的笑脸。我捧起字典，惊喜地站了起来："老徐爷爷，您帮我买的啊？您怎么会知道……"只见他转身夹起一件雨衣，"嗯，顺路的，顺路买的……那，我们明朝再会!"他对我挥了挥手下班了。偌大的办公室里，留下我一个人手舞足蹈，静下来，才想起刚才自己连声"谢谢"都没来得及说……

之后我就天天背着老徐爷爷给的字典去上学，这本 1992 年版的《小学生字典》陪伴了我整个小学六年，直到封面快要掉了我都不舍得买新的。每次抚摸它，老徐爷爷披着雨衣、冒着大雨下班后骑车上书店的身影就会像老电影般一遍遍浮现在我眼前。

后来，母亲还收到过老徐爷爷买给她的超大部头工具书。只是因为她在审稿遇见不清楚的词汇时漫不经心的一句嘟囔，一本硕大的浓缩版《辞海》隔天早上就出现在母亲的办公桌上。母亲赶紧说自己家里已经有一本了，但是老徐爷爷却十分认真地说："你在办公室里再放一本，不是审起稿来更方便吗?"

久而久之，大家都意识到不能随便在办公室说自己缺什么或是喜欢什么，因为说不定过几天，"圣诞老人"就会让他们的愿望实现。

虽然老徐爷爷有时也会严肃地找人谈话，提醒他人并提出要求，但是更多的是他身体力行无声地感化和影响着周围的人。他一直在默默地匡正我们的言行，让我们见证了一个人的品行可以达到的高度。这种教育对于年幼的我来说，不是学校里的思想品德课可以相提并论的。

就是这样一位无私、热心、阳光、自律，而又极其认真、极富正义感的老爷爷，退而不休、朝九晚五、勤勤恳恳、全身心地为杂志社工作了二十余年。虽然，我只看到了他的"退休生活"，但是他可以说是我身边人品最接近完美的人。我这棵在他身边成长起来的小树苗感到无比幸福，因为他就像太阳——在物质上给我温暖和滋养，而在精神上又让我仰望。

我想，我会用余生向着他生长。

流星的尾巴

罗比舅舅终究还是那颗闪亮的星星，即使划过天空，也没有完全消失，因为它留下的尾巴依然很长、很亮！

20 世纪 80 年代末，我们家族中有一个当地人茶余饭后爱谈论的传奇人物。在我出生以前，他总是出现在当地的电视新闻、专访、报纸杂志大篇幅的报道中；他时常与性感美丽的时装模特约会，现身于各种名人富豪的聚会。六英尺二英寸的身高，匀称发达的肌肉加上英俊的面庞，使得金发碧眼的他无论在哪里总是那么引人注目。

可就在我出生的那一年，电视上不再出现他的身影，报纸杂志也逐渐将他淡忘。

在我开始记事后，大家的年岁都在增长，可是他身边不断更换的女伴永远"冻龄"在二十岁左右。所以在我多半的童年记忆中，他只是"花花公子"的代名词……

家人眼中的他也变得越来越颓废与消沉，笑容也似乎在他的脸上逐渐消失了，他越来越不愿意在公众的视线中出现，性格变

瑞德的舅舅罗比在 MILE HIGH
体育场对阵丹佛野马队

得孤僻而冷漠，我们只能在偶尔的几次家庭聚会
中看到他。

他就是我的舅舅罗比。

转眼间，我到了上高中的年纪。当我第一次
向我拥有二十五年教龄的摔跤教练提及自己的舅
舅时，他忽然转过身，抓住我的肩膀，瞪大了双
眼惊喜地问："真的?！你的舅舅是罗比?！"我吓
得木讷地点点头。他兴奋地说："罗比是我此生
见过的最伟大的运动员！"那一天我才重新认识
了我的亲舅舅——曾经的他不仅是州冠军摔跤手，
州冠军田径运动员，最了不起的是他还是州冠军
橄榄球运动员，并最终成为美国国家橄榄球联盟
（NFL）突袭者队的跑卫。1999 年，他还被票选为

过去一百年来当地最伟大的运动员。

原来，我的罗比舅舅是当年北加利福尼亚州体坛神一样的存在！只可惜，他的高光时刻在我出生那年就戛然而止了。

"叮咚，叮咚"，一到周末，我就迫不及待地想去拜访这个已经淡出大众视线很久的"大英雄"，可是站在他门廊上摁了半天门铃也没人来开门。"舅舅！罗比舅舅！……"我一边叫唤一边开始敲门。

"嘿，别敲了小子！我在这儿呢！"只见罗比舅舅从屋后的一间车库里探出头来。

"哦，哈哈……"我一边向后院走去一边天真地问道："舅舅，你在车库里忙什么呢？"

舅舅一边慌忙披上衣服，一边将车库门从身后拉上，将我堵在门外。对我的突然出现他显然有些措手不及："有什么急事吗？怎么忽然跑来这里？"

"你，你不会是睡在车库里吧？"走近了，看到舅舅蓬头垢面的模样我才意识到他刚刚起床。

"没有，这是我刚刚改造的公寓，公寓……"罗比舅舅说道。

没想到，从 NFL 退役十年后，舅舅已经将自己原先住的大房子出租，然后独自搬到了后院的车库里。我愣住了——这个大家口中的英雄，曾经潇洒无比的男人现在不但身材走样，还被生计逼到了这样的角落！这种落差是多年前谁都不会想到的。

舅舅看到我吃惊的表情有些不好意思起来，只得拉开门招呼我进去坐坐。屋里，咖啡机正咕噜噜地运转着，我打量四周，麻雀虽小五脏俱全，厨房卧室卫生间应有尽有，没有过多的装饰，昏暗的灯光下最显眼的莫过于整整一面墙的奖牌、奖杯与相片。"哇……"看花了眼的我，趁着舅舅在卫生间洗漱的间隙，扑到墙边一个一个地细细把玩起来：加州 AAU 组跨栏金牌、加州 12—13 岁组跳远冠军、两届县摔跤冠军、美国北海岸摔跤冠军、200 米短跑冠军、10 米高栏冠军、跳远冠军和三级跳远冠军、110 米跨栏红木帝国锦标赛冠军、萨克拉门托联盟报"年度最佳运动员"奖杯……

"啪"，正当我看得热血沸腾时，灯突然关了，我转过身去，只见咖啡杯里飘出的热气勾勒出一个落寞的身影："没什么好看的，都是古董了……"

我跑到他身旁摇着他的胳膊，按捺不住心中的崇拜："舅舅！你真是太棒了！全能型运动员啊！我还看到了你为突袭者队

1988 年，瑞德的舅舅罗比身上"挂满了"他的侄子外甥们，瑞德被他右手抱着

效力的照片，后来发生了什么？"

"我已经退出体坛很多年了！不想谈这些……"舅舅啜了一口咖啡，眼神变得感伤。

有那么几秒钟，屋里的气氛压抑得可怕，正当我想转换话题时，他开始自言自语起来："要不是在那次比赛中肋骨重创骨折，我现在可能还奔跑在赛场上呢！……嗨，一切都发生得太突然了……"原来，罗比舅舅在职业橄榄球队效力仅仅三年就因为重伤而被中断了签约。作为一颗背负万千期待冉冉升起的新星，罗比舅舅自此以后不仅葬送了光辉前程，还因此一蹶不振。他的巅峰时刻就像流星划过天空，闪亮耀眼，而又转瞬即逝。什么金钱、名誉、美女、朋友也都跟着不见了……

"那为什么这么多年你都不愿意出山当教练呢？"

"唉，背负了多少希望，也就背负了多少失望。反正跟你一个小毛孩也说不清楚。"

"舅舅，我相信有你的帮助，我一定可以和你一样成为一名优秀的运动员！"我郑重其事地拉着他的手说道。

他转过脸来瞟了一眼婴儿肥的我，不屑地说："我可是很小就开始体育的。记得九岁那年，我就已经在业余田径联盟创下了美国儿童 50 码短跑最快纪录。"

"洛奇舅舅他们不也都是很棒的运动员吗？我有你们的优良基因啊！"我不依不饶。

舅舅缓缓从沙发上站起来，背对着我说："那不仅是天分，还要从小持续不断地投入。你到了中学才开始对体育感兴趣，怎么可能成大器?"

"可是……"

"你有功夫在这里和我消磨时间，还不如到外面去多跑几圈!"

我感到委屈，舅舅的拒绝使我心中刚刚燃起的火焰被瞬间浇灭了。"一个不愿意面对历史的懦夫!"我默默离开了他的"公寓"，心里愤愤不已。

远远地，只听舅舅居然在后边喊:"嘿，小子!最好别在外面到处说我是你舅舅啊!"

我头也不回，加快脚步跑回了家。

接下来的几个月，我在运动场中摸爬滚打，每回比赛，场外啦啦队一边倒地帮助强者，而我就像一个被人推搡和嘲笑的小丑，几乎从来没有得到过任何人的欢呼和鼓劲。眼看一个学期快过去了，我居然没有机会赢得一场摔跤比赛。我逐渐意识到舅舅不愿意暴露我和他之间关系的苦衷，可是那种被嫌弃的感觉在我内心深处终究留下了伤疤——是啊，我的舅舅是神，而我则是刚刚开始学走路的婴孩而已。渐渐地，我的意志被消磨了，我知道每一场失败都在丢他的脸面。我开始懈怠与自暴自弃起来。

"站起来，站起来，瑞德!"期末最后的几场练习赛上，正当我咬牙切齿和对手扭成一团的时候，忽然听见看台上传来了熟悉的声音:"好样的，就是这样，坚持住!"

我不敢相信自己的耳朵，有人在为我加油?

休息间隙，我迫不及待地在观众中寻找，终于看到一个向我挥手的熟悉身影——是舅舅！我顿时热泪盈眶。

几个月不见，他理了发，也精神了许多。

"我要谢谢你，"舅舅在那头嬉笑着喊，"我准备去当田径队孩子们的教练了！"

我只是愣在那儿傻笑，但我是真心为他高兴。没想到，退役十几年后，舅舅终究战胜了自己的心病，重新回到了体育界。

自此以后，我的每一场橄榄球和摔跤比赛，都拥有了一个中流砥柱般的后盾与参谋——罗比舅舅。因为，只要我望向场边，就可以看到他为我加油呐喊，为我出谋划策。他在我整个高中阶段几乎没有缺席过我的任何一场比赛，我的成绩也在他的指导和帮助下突飞猛进。我不仅看到了"运动员"版舅舅的锲而不舍，还感受到了"奶爸"版舅舅的无微不至，是的，我没有被嫌弃，更没有被放弃！

多年后，罗比舅舅成为一名出色的教练，为当地培养了大批优秀运动员，他的学生中也有人和他一样晋级到了 NFL 球队，成为顶级运动员。所以说，罗比舅舅终究还是那颗闪亮的星星，即使划过天空，也没有完全消失，因为它留下的尾巴依然很长、很亮！

"海狮"牌自行车

"妈妈的背就是我的早餐桌！"

很多年以后，当我在电话中得知母亲那辆曾经载着我上学的蓝色自行车退役并被处理掉时，我心中泛起一阵伤感，就像没来得及和老朋友告别一般遗憾。那辆 26 英寸的宝蓝色"海狮"牌女式自行车，是 1985 年父亲花了三个月工资，为追求母亲而购买的礼物。据说当时自行车是稀罕物，购买还需凭票。

我上小学时，母亲曾骑着它，天天送我上学，春夏秋冬，风雨无阻。每天清晨，我坐在车架后的小座椅上看着街边早点摊的蒸笼被一个个打开，肉包、菜包、豆沙包、白馒头……油锅里油条嗞啦啦地翻滚着……

穿过腾腾的蒸气和熙熙攘攘的人群，母亲在前面奋力地踩着车，还时不时地回头督促我背诵课文，抽查我问题。我坐在后面藤编的小椅子里，前胸抵着母亲的后背和书包，一手捧着早餐啃着，一手夹着书本背诵，咿咿呀呀一路。所以有一阵子，我一直打趣说："妈妈的背就是我的早餐桌！"

我们那时搬到了郊区（现在已发展成为繁华的市中心了），每天上学要穿过一座长长的立交桥，上面是铁路，下面是车辆和行人通行的道路。下坡时，自行车疾速向前冲着，车轮发出"哗哗哗"的欢快歌声；而上坡时，我明显可以听到绷紧的链条发出"咔咔咔"的疲惫呻吟。心疼母亲和自行车的我，总是将身体尽力向前趴着，紧抱母亲的后腰，希望能减轻点负担。

有一天，我们发现了一条十分隐秘的近路：穿过一片废弃的厂房仓库，左弯右拐钻进一条不到两米宽的窄巷，不远处的尽头竟然就有一个铁路岔口，上下铁轨的小陡坡上还简易地铺着石板台阶。走这条路可以为我们省下近十分钟的路程，而且不用上上下下地穿铁路桥洞，这对于早上争分夺秒送我上学的母亲来说简直就是福音。

可是这条路却充斥着危险，因为时不时地，就有火车呼啸而过，于是以最快的速度推着自行车翻越铁轨就成了我们每天要经历的挑战。

我和母亲居然练出了一套娴熟的动作：我在快要到达铁轨的时候像杂技小丑一般从自行车后座站起来，在滑行过程中母亲跳下车接过我的书包，等我也飞快地落地后将书包放到后座。左顾右盼一番以后，她在前面推着龙头，我在后面扶着座椅，一同使出吃奶的劲儿将满载"货物"的自行车推上铁轨的路基。"咣咣咣……"车头篮子里，我的不锈钢饭盒与调羹连同母亲的手提包在颤动着；"当当当……"车尾的座椅上，书包和水壶也在跳跃着——我们在陡坡上的磕磕绊绊和着铁轨的起起伏伏，竟然奏出一段奇妙的交响乐来。"呜——呜呜——"有时候刚惊心动魄地穿过路基，就听见火车在不远处鸣着汽笛呼啸而来。这班火车每天准时经过这个路口，而且需要三分钟的通过时间，所以掐分掐秒地赶在它前面翻过铁轨就像是完成了一项伟大工程。

"咔咔嗒……咔咔嗒……"从我们身后火车通过时忽明忽暗的光影中，我依稀看到了母亲额头上的汗珠在闪着光，而她长呼一口气，拍拍自行车的座椅，不知是在招呼我上车，还是在默默"犒劳"她那任劳任怨的"坐骑"……

这辆"海狮"牌自行车就像老黄牛那样一直为我们咕噜噜地向前跑着，滚过了水潭、泥路和雪地……其间曾有助动车、电动车等各色迭代的诱惑，但是母亲却一直坚守了它二十几个年头，即便后来家里有了汽车，它还是母亲在城区出行最方便的选择。虽被修修补补，也曾被大卸八块，但是它承载了太多我和母亲一同经历的酸甜苦辣，也承载了我满满的童年回忆——有少年宫下课后被母亲训斥一路哭哭啼啼的回忆，有和母亲谈论学校新奇经历时一路嘻嘻哈哈的回忆，也有为了应付考试而一路啃书紧张备考的回忆，还有望着我失手滚落到路上的毛绒玩具渐渐远去时一路懊悔不已的回忆……当然对于母亲来说，还有她青春爱情的回忆。

无论哪种回忆，现在回想起来，都是那么温馨。而这辆成为我们亲子互动纽带的"海狮"牌自行车，以及那个没有那么多机动车横行、马路更空旷的年代，更是常常被我怀念。

多么希望这辆满载着我们两代人记忆的自行车还在哗哗地向前滚动着，而有它陪伴的童年也一直没有结束。

我们永远
的港湾

不做"乖孩子"

我想变得坚强，但是缺少父亲角色的鼓励和言传身教，我们只会坚守单亲妈妈一味坚持的"要做个乖孩子，永远不要和别人起冲突"的理念。这就意味着，作为一个小男孩，我不得不自己学习如何处理可怕的校园霸凌。

上学前我过着美好的生活。我们家有一个两百英亩的林场。我的父母收养了我的两个表兄弟史蒂芬和布莱恩，像照顾自己的孩子一样照顾他们。我们有一个幸福的大家庭。随着时间的流逝，我父母生活方式的差异和政治立场的不同激起了他们婚姻的波澜。这段经历令我非常痛苦——我看着我的父母对彼此吼叫，甚至向彼此扔东西。对于孩子来说，那太可怕了，那些日子我总是更依赖母亲，更愿意站在母亲身边。有几次，母亲把我和我的表兄弟从父亲那里带走，声称我父亲疯了，但是我并不明白发生了什么。结婚九年后，他们终于秘密离婚了。尽管他们从未告诉过我们，但我们还是有隐隐地察觉到了。

母亲在俄勒冈州买了房，带着三个孩子搬到那里想要开始新的生活。起初的生活如常，由于害怕我们不能适应新生活，父亲一直陪在我们身边。但是过了一阵子，他开始离开两个月，然后变成了四个月，最后长达半年。由于没有父亲陪伴，我在俄勒冈州奥克里奇这个陌生的小镇上，遭遇了从未有过的困难。我经常被当地的一些孩子捉弄，因为我从来都是一个非常善良的孩子。虽然我不想被别人无故欺侮，我想变得坚强，但是缺少父亲角色的鼓励和言传身教，我们只会坚守单亲妈妈一味坚持的"要做个乖孩子，永远不要和别人起冲突"的理念。这就意味着，作为一个小男孩，我不得不自己学习如何处理可怕的校园霸凌——每天放学搭巴士回家的路上总有一些不良少年殴打和敲诈那些好欺负的孩子。特别是我和我的两个表兄弟，不仅被无故推搡殴打，还常常因饭钱被勒索而导致午饭没有着落。

四年级的一天，一个大我两级的坏孩子凯文抓着我的头发，把我的头朝车窗玻璃上一顿猛摔，"哐！哐！哐！……"校车上的孩子都吓得缩到了一个角落里。而我忍受着疼痛，一直憋着气想让这一切赶快过去。

下车后，所有的孩子都飞快地逃跑了。抱着受伤的脑袋，最后一个下车的我发现坏孩子居然已经开始寻觅下一个目标了。我甩下书包，在草坪一侧对着另一侧那个又开始对我表兄动手的凯文大吼："放开他！！"他撇下了布莱恩，把目光转向了我，气势汹汹地径直向我走来。我一动不动地站在那里，进行着激烈的心理斗争，因为我厌倦了"永远做好孩子"，也受够了"对每个人都要友好"——即便那是母亲对我一贯的要求。那一刻，我只能

瑞德和凯文的对决

感觉到我握紧的拳头和急促的呼吸，对，我必须变得更坚强，我不能再退让了！凯文假装慢慢放下了他那巨大的背包，但那是个假动作，猛然间，他将背包像链球一样抡向了我，我俯身躲开了，但是迎面又来了第二次……气红了眼的我抓住时机，抛开一切顾忌，起身狠狠地给他的下巴一记勾拳。没想到比我高出半个头的他居然应声倒下，简直不可思议！最后，坏孩子抓起书包呜咽着逃跑了，而且此后再也没有骚扰过我们弟兄仨。这是我头一次挑战并战胜对手，当时的自豪感我现在还记得，因为这是我人生中第一次感到，自己能掌控自己的命运！

从筒子楼到单元楼

　　那一刻，我们都变成了笼中的小鸟。

　　"咯叽……咯叽……咯叽咯叽咯叽……"1993年的大雾天，一个清脆的声音在杭州某个单位大院里有规律地回响着，时慢时快，打破了黎明的宁静。声音近了，只见雾中钻出一个骑着儿童小三轮的小不点儿，"咯叽咯叽"蹬上小桥，穿过开水站，"咯叽咯叽"拐过食堂，越过网球场……然后又钻进一片雾里……

　　就这样她独自穿过整个职工大院，来到奶站，吃力地踮着脚，把两张奶票连同前一天喝空的玻璃瓶高举到比她高半个头的窗口。在接过两瓶挂着水汽的鲜奶时，冰冷的水珠顺着玻璃瓶滑过她的手臂钻进袖子里，小不点儿冷不丁地打了一个激灵，但还是认真地将牛奶瓶放进车把前的塑料小筐里。最后，在奶站阿姨啧啧的夸赞声中，大院里又响起欢快的"咯叽咯叽"……沐浴着晨光，她一路得意地蹬着小三轮回家。

　　难以想象这就是我四岁开始给家里"打零工"的画面。自那天起，每天家里的取奶任务就被我承包了下来。现在回想起来，不仅是为当时社区的安全，也为那时家长对孩子的放心而感到无比怀念与羡慕。我在上学前，几乎所有的生活半径都在母亲工作的单位大院里——托儿所、幼儿园、食堂、小花园、运动场、医务室、招待所……步行不到五分钟都可以到达，以至于我很小就感觉整个宇宙都可以任我畅行，所以不到五岁就"开车上路"了。

我父母最初的婚房就被分配在职工大院办公大楼后的"筒子楼"里，它的前身其实是单位的办公室。这种非常有中国特色的住房样式因通常有着"一眼望不到头"的超长走廊而得名，是20世纪七八十年代中国企事业单位住房分配制度紧张的产物。

我们家在筒子楼二楼，在这间不到30平方米的单间里，父母用帘子将它隔成客厅和卧室。筒子楼每户的厨房灶台都在门外一溜的走廊上，卫生间则是同一楼层共用的。这种生活的拥挤程度如今很难想象。有时邻里间甚至因无意间将自家宝贝的尿布晾在隔壁人家灶台上方后滴水而产生口舌之争。但是总体来说，我们就像是生活在一个生机勃勃的多子女大家庭当中。

每天傍晚，筒子楼里家家户户的门都是敞开着的，大家都在走廊上做饭、聊天，有的单身职工甚至可以在回家路上挑拣一家合胃口的蹭晚饭。傍晚自然也是我们小朋友到各家各户串门的好时机，那时的我们将筒子楼的走廊当作我们长长的操场跑道，横冲直撞，骑小自行车，玩捉迷藏……"文——文——，吃——饭——嘞——！"开饭前父母通常在走廊一端一声吼。"哎，我来啦！"这时我的小脑袋不知道会从哪家的门洞里冒出来。

　　记得一天，回家吃饭的我始终对刚刚在邻居家看的动画片念念不忘，到了家还继续专心追剧，手上捧着饭碗一动不动。

　　"别忘了这可是台聪明电视哦！"当时的电视还没有遥控器，父亲一边将手伸向沙发背后的有线电视接口，一边哄骗我吃饭："你不好好吃饭，动画片就会消失的！"可是经过了数周的"聪明电视"把戏制裁，四岁的我终于恍然大悟：每次父亲坐到沙发上，电视画面就会变成一片雪花屏幕。

　　"骗人！才不是什么聪明电视呢！是爸爸在捣鬼！"我得意地为自己"打假维权"，没想到，却被怒不可遏的父母拉到走廊上罚站。"砰！"家门在身后关上后，我捂着脸哼哼唧唧地抽泣着，正当我为自己的行为开始感到懊悔时，只听走廊另一端也是一声"砰"，我从指缝里居然瞄到一个熟悉的身影——邻居男孩立立也一脸哭相地被罚站在家门口！难兄难弟啊！当时我就差笑出鼻涕泡来。

　　"立立！"我用手背擦了擦眼泪，在走廊这边向他挥手。立立用胳膊抹了一把鼻涕，心领神会地破涕为笑："我们一起玩吧！"

　　几分钟后，当两家父母想象着自家孩子泣不成声、连连求饶的可怜模样打开门时，都惊恐地发现，孩子不见了！四下寻找，居然瞥见我和立立正手拉手，有说有笑地朝楼下小花园走去，仿佛什么伤心事都没有发生。本以为可以给孩子教训的父母，看到我们的可爱背影时也忍俊不禁，心头的阴霾一下就被吹散了。

　　就这样，学龄前的我在单位大院里兜兜转转，虽然一直享受着它的安全、便利与温馨，但也不免羡慕单元房的宽敞与私人空间。

在我小学一年级时，我们全家搬进了当时市郊单元楼六楼的三室一厅。忽然离开了乌托邦式的单位大院，来到了乱象横生的城乡接合部，一切都让我感到陌生和不安。我虽然有了自己的房间，但是却失去了部分人身自由——自己下楼玩，父母不放心我的安全，平时只能偶尔遇见时远远地向伙伴们招招手。我这时才感受到单元楼的冷漠人际关系，渐渐开始想念起自己出门就能找伙伴玩的筒子楼，甚至开始想念起那些经常到我们家蹭饭和全家一起打电玩的单身叔叔阿姨们。

暑假的一天，独自在家写大字的我，依稀听到窗外传来小孩咿咿呀呀的歌声，循声望去，发现竟然是隔壁单元五岁的小伙伴趁着父母不在，爬到了窗外的保安笼里。这可是六楼啊，他居然像长臂猿一样一手拽着栏杆，一手伸出铁栏杆向我打招呼……而为了我的安全，也为了防盗安全，父母早把我房间的窗用几把大锁锁上了，只留出上方的气窗开着，并且最终因钥匙的遗失而常年开不了窗。我奋力地在房间里拍着玻璃向他喊话："太危险啦！快回去！"他也听不清楚，呵呵地对我笑着，以为有了观众，便更卖力地在栏杆上表演起攀爬、旋转，甚至跳起了"钢管舞"。折腾了十几分钟后，他终于进了房间，我正要舒口气，他又突然探出头来，手里抓着一把画笔爬出了窗户："你看你看，这个，这个是我爸爸刚刚给我买的！"他竭力将画笔伸向我，小手因吃力而微微颤抖，一些画笔已经滑落指尖掉下了楼，

"啪——啪——"打在楼下的雨棚上，听得我心惊胆战，但我只能扒着玻璃窗眼巴巴地看着，生怕他一不留神踏空摔下去。

就这样，一个在保安窗的笼子里上蹿下跳，一个在上了锁的窗户里拍窗呐喊……像极了两只隔着笼子叽叽喳喳的金丝雀。

"咯叽咯叽……"没想到，多年后在杭州城的另一端，一个居民小区里又回荡起同样的声音，不同的是，这回是那个小不点儿为了能和小伙伴沟通而在家里的窗户上撬锁。清脆的声音久久不息，诉说着单元楼里独生子女的孤独与无奈。

"咯叽……咯叽……咯叽咯叽咯叽……"

消失的圣诞节

　　我开始像凯文一样思考父母和祖父母要保持像圣诞节这样的传统的初衷——它远远超出了单纯获得礼物的意义。这份更大的礼物是让我知道，我有一个爱我的家庭，让我知道无论发生什么，他们都在我身旁。

　　圣诞节对美国人来说是一个特殊的假期。圣诞树、灯光、绿色和红色为主的装饰品……整个十二月份我们都很快乐，这就像每个人的第二个生日，大家都期待它的到来。对我来说，圣诞节就像海浪一样，它潮起潮落，每年我都要度过这个节日，但是它又发生在我生命的不同阶段，所以我对它的感受也不尽相同。

　　我不太记得我的第一个圣诞节，因为小时候我真的不知道会发生什么。但是第二个圣诞节以后，就有了期待——我开始知道圣诞老人会带来很多礼物放在我们的树下……对于孩子来说，这非常令人兴奋，特别是圣诞节早上起来打开礼物的时刻。但是到了十二岁左右，我开始不那么喜欢圣诞节了。父母的离异，加之我随母亲搬离了故乡，没有了大家庭团聚一堂的圣诞节一下子就变了味。我渐渐为无法和所有家人聚在一起而感到难过。而且随着年龄的增长，仪式感也变得越来越淡，不再相信童话的我只是在节前告诉父母圣诞节想要什么，以确保他们不会给我准备我不想要的礼物。到了十五六岁的时候，男孩都开始变得叛逆，更是喜欢将传统抛弃。圣诞节对于当时的我来说只是一个向家人索要礼物，或是享用丰盛圣诞大餐的契机。然而，在我二十岁远离家人孤身在西雅图和旧金山上大学的几年里，对家和传统的热爱终于渐渐回归到了我的身上。我将圣诞节视为非常怀旧的时刻，它使我回到了童年，特别是妈妈和爸爸还在一起的美好时光。

　　记得从五六岁开始，在平安夜和社区其他的小朋友一起到教堂表演是常年的规定节目。虽然有好多年我只是躲在草棚边扮演只有一两句台词的小角色，但是母亲总是很积极地鼓励我参加。直到十一岁那年的圣诞节，我终于接到了一个重要角色——圣母玛利亚的丈夫约瑟。虽然整个十二月的周末我都要去教堂排练，但是我还是很认真地对待这个来之不易的机会，期望着能在平安夜好好表现一番。让我万万没想到的是，我的女搭档——饰演玛利亚的小姑娘却在正式表演前忽然耍起了公主脾气，当着所有观众的面，哭闹着说不愿意让我出演她的丈夫，还一个人跑下了台罢演了，留在台上的我尴尬地站着，不知所措。虽然在众人的哄骗下，小姑娘最终还是回到台上勉强完成了表演，但是在很长的一段时间里，这次演出事故给我童年的平安夜留下了心理阴影。现在想想真是好笑。

　　圣诞节的早晨往往是孩子们最最期待的。我和我的表兄弟总

1993 年圣诞节早晨，瑞德（左）和表兄弟一人得到一个电吉他玩具，家人为了平等，一般礼物都是一式三份

是按捺住激动的心情，一起围坐在圣诞树下，听妈妈为我们朗诵圣经故事，然后迫不及待地打开圣诞礼物。"哇哦！""天哪！""快来看我的！……"屋子里回荡着孩子们兴奋的尖叫声。整个上午，我们都在疯玩，有的玩具根本承受不了多个孩子的"折磨"。比如有一年的礼物是每人一辆遥控小汽车，我们兴奋地当即捧到树林里进行越野比赛——翻土丘，蹚水坑，走泥潭……不到中午，遥控车就进水报废了。不用说，我相当懊悔，可是一听说马上要去费伊姑婆家吃圣诞大餐，顿时又来了精神。

说起费伊姑婆，她是我妈妈的姑妈，一个虔诚的基督教徒。她常年组织着大家庭的各种聚会，也是我认识的人缘最好的人，这一点看看她家门外常年停着多少车就知道了。她是那么善良，对我们每个人都深信不疑。她的家门总是向所有人敞开，大家庭中若是有谁遭遇了不幸或困难，她就让他们去她家住，并无微不至地照顾他们。费伊姑婆的家坐落在福耳图那一座山的悬崖上，可以俯瞰有着森林和小溪的山谷，还可以眺望大海。她的家大到可以容纳下一场数十个人的聚会。所以一直以来，她就是我们整个大家庭温暖的避风港。

　　我们一家驱车一个多小时来到费伊姑婆家，来自全国各地的家庭成员早已把家门口的道路堵得水泄不通，连找到她家的大门都是挑战。进了门，大人们在欢快地聊着天，准备着晚餐。餐桌上不仅有费伊姑婆亲手做的烤火鸡、土豆沙拉、南瓜派等，还有每位客人带来的各种美食。家中十几个孩子则在室外，不是荡秋千，就是排着队，用滑沙板从山坡上沿着藤蔓和树叶铺成的滑道滑下山去，玩得不亦乐乎。

当时的我们肯定不会想到，最后一次这样大规模的家庭聚会居然是在费伊姑婆的葬礼上。她的逝世似乎预示着美国老一代的传统正随着老一代美国人的离去而离去。

这些年，美国新一代的各种问题正使我们的大家庭分崩离析。我惊讶地发现：大多数的叔叔阿姨均在婚后的头十年离婚了，而他们的孩子，不是为遗产分配，就是为养老等各种问题而不和。这不仅发生在我的家庭，我绝大部分同学和朋友们也遭遇着这样的困境。我们周围有太多不完整的家庭，太多生长在破碎家庭中的孩子……在我们家，曾经四五十人的全国性家庭圣诞聚会已经精简为当地十到十五人的小规模聚餐。更令我沮丧的是，有着我所有叔叔阿姨、外公外婆、表兄弟表姐妹等陪伴的圣诞节恐怕永远只能定格在我的记忆中了。

是的，美国人的圣诞团圆的传统正在逐年衰微，甚至到下一代就可能完全消失。忽然间，传承数百年传统的重大责任一下落到了我们这一代人的肩上。这让我想起了圣诞电影《小鬼当家》，童年爱看是认为它搞笑，现在回看，我更能将我和我的家人与剧中的人物类比起来。电影以家人吵架，凯文被驱赶到阁楼上，赌气地许下全家人都消失的圣诞愿望开场。和家人分开后，凯文经过一番磨难，懂得了家人的价值和圣诞节背后的深层含义，以及不管家人有多么难相处，最终他们都彼此相爱的真谛。于是他向上帝祈祷，只想要一份圣诞节礼物，那就是和家人团聚。

现在的我刚过而立之年，刚刚组建了自己的新家庭，我开

小文子和单元楼里的小伙伴打招呼（《从筒子楼到单元楼》）

思考中的小文子（《圣诞老人真的存在吗？》）

脑洞大开的小文子（《追剧》）

瑞德和家里的毛孩子们（《我们家的毛孩子们》）

始像凯文一样思考父母和祖父母要保持像圣诞节这样的传统的初衷——它远远超出了单纯获得礼物的意义。这份更大的礼物是让我知道，我有一个爱我的家庭，让我知道无论发生什么，他们都在我身旁。美国家庭的传统和信仰以及处事方式可能并不完美，但这不是将它们统统判处死刑的理由。我们或许应该寻找更加开放和诱人的方式带大家回归传统，让我们再次感受到大家庭的爱和温暖。这是人们美好生活的一个良性循环，我希望它在我们今后的生活中能够重建，并一直延续下去。

从小我就没有质疑过圣诞老人的存在，这归功于我的父母一直以来都注重保护我的童真。这无关乎信仰，经历过的美好，构成了暖暖的小时光，让我感觉幸福和美好。

包括我在内的绝大多数中国孩子，根本不明白圣诞节真正的起源与宗教意义，它更像是一个见证童话成真的日子——我们关心的只有节日的装饰和圣诞老人。

从小我就没有质疑过圣诞老人的存在，这归功于我的父母一直以来都注重保护我的童真。这无关乎信仰，经历过的美好，构成了暖暖的小时光，让我感觉幸福和美好。在我家，父母似乎从来都不会讨论现实世界的残酷，餐桌上的对话也从来不会涉及张家长李家短，仿佛只有文学作品中那般的美好世界。凡到圣诞节，父母都会默契地配合，扮演我的圣诞老人。

我第一次有记忆过圣诞节是五岁时，20世纪90年代初期，这一舶来品在中国已经逐渐被商业化。平安夜晚餐后，父母带我到外面散步，不知不觉逛到了武林广场，这里是当时杭州城最繁华的商圈。百货大楼早已被打扮得焕然一新，这是我第一次感受到圣诞的浓郁氛围，也是我对圣诞节的第一客观印象。

散好步回家，听了圣诞老人传说的我为了得到礼物，一心想要做个乖孩子，便早早地上床了，妈妈为我准备了一只袜子，挂在我小床床头的栏杆上。第二天早上，太阳都晒屁股了，生怕得不到礼物的我还是侧着身子在装睡，不敢睁眼。妈妈催促着："快起来，昨晚圣诞老人来过了吗？""肯定没……"我嘟囔着转过身，用一只眼眯着往床头瞅，话音未落，我发现那只原先瘪塌塌的袜子已经被一个不明物体撑成了立方体！"来过了！哈哈，圣诞老人喜欢我！"我从床上一跃而起，麻利地从袜子里取出一个小盒子，哇，是一架水晶小钢琴的工艺品！

我上小学一年级的时候，同桌告诉我圣诞老人从来没到过他家，他也从来没有得到过圣诞老人的礼物，而他在我眼里，是个非常乖的孩子！虽然开始到了质疑很多美好谎言的年纪，但我还是为圣诞老人的到来激动不已。即使我有过疑惑，但是打心底里还是希望有圣诞老人的存在。是的，就像圣诞节第二天早晨不敢睁眼看袜子一样，我不愿接受没有圣诞老人的现实。好在，这时候的我已经不只是期盼圣诞老人，我们在圣诞节有了更丰富的庆祝方式。

到了十二月中下旬，小学边的几家小店总是挤挤挨挨，特别是到了圣诞节和新年，柜面上铺满了各色贺卡，同学间互赠贺卡是当时的风尚。平安夜当天下午，一边期盼着早些放学，一边在学校飞快地做完家庭作业，因为我要赶回家布置客厅，为晚上的

"圣诞派对"做准备。而且那个圣诞节，我终于有了自己的第一棵圣诞树，即便那迷你的塑料圣诞树还没有半人高，我还是有模有样地用彩灯和装饰品认真地将它装点起来。我就依照在电视节目中看到的，加上自己的想象，将客厅布置成最圣诞的样子，虽然非常简陋，但我却相当自豪和充满幸福感。

　　晚上睡觉前我还在盘算着圣诞老人当天会不会来，寻思着找只袜子。舅妈像变戏法似的变出一只超级大的纸板箱，说："就用它吧，这是舅妈专门捡来给你装礼物的。"我正打量着这只足以把我装下的箱子，舅妈又出主意："这儿还有旅行袋，你把拉链拉开吧，让圣诞老人给你都装满！"我拉了一半拉链，心想，这也太夸张了吧，圣诞老人会不会觉得我太贪心呢？我拒绝了舅妈的好意，转身拿来一支记号笔，在纸板箱上认认真真地写道："圣诞老人，您好！我很想得到您的礼物……"把箱子放在客厅正中央后，我急急地走到阳台边望着窗外，祈祷道："圣诞老人，您知道我现在住在哪儿吗？我搬家了，搬到'农村'里啦……祝您一路顺风！再见！待会儿再见！"回到房间，劳心的我突然又不放心，拿了只袜子搭在箱子顶上，另一只挂在枕头边，接着又叮嘱我的毛绒玩具："小鸭子，今晚你辛苦一点，带我看看圣诞老人，反正明天你可以睡觉。"

　　早晨，天愈发冷，我披上衣服，还挂着一只衣袖就跑了出去。"哇！这么大！圣诞老人真的来过了！"我简直不敢相信自己的眼睛，巨大的箱子竟被礼物顶起了盖子——一个硕大的地球仪和一副羽毛球拍！"我本来告诉圣诞老人想要一个八音盒的，但是圣诞老人一定希望我好好学习！好好锻炼！"我满眼放光地捧起它们，高兴得有些不知所措："我的大地球仪，肯定占了圣诞老人大口袋的——十分之八！"转着地球仪，我左看右看："……圣诞老人真是太好了！只可惜他小时候没有圣诞老人……"我又开始杞人忧天了。

　　自那以后，圣诞老人送的大地球仪成为我学习地理的强大动力，更激发了我探索世界的好奇心。即便今天的我在周游世界数十个国家后，每每回到杭州家中，我都要去抱抱我的大地球仪，去感谢我的这个老朋友，也感谢我的启蒙老师——圣诞老人。

时刻准备着

我们无法阻止危险的降临，但是我们可以用知识与技能武装自己、保护自己。

"要么上车，要么走人！……"

一个夜里，从市中心校区回家的路上，我疲惫地靠在巴士车窗边闭目养神。待车驶到十九大道时，车厢的安静忽然被争吵声打破。原来，一个满身酒气的醉鬼东倒西歪地半个身子靠在车门上，使车门无法关闭，同时还骂骂咧咧地要和车上的人找碴儿，威胁着维护秩序的司机大叔。"你不下车我们就不能开车！"没辙的司机和醉鬼对峙起来。我惊讶地发现，十分钟过去了，车上的人不是装作睡觉就是低头玩着手机，冷漠得让人心寒。但我也理解大家的顾虑，天知道这疯癫的醉鬼被激怒后会不会突然拔出武器来伤害人呢？

"现在请你们都闭嘴！"我起身走到车门口，然后趁醉鬼不注意一步上前用摔跤技巧将他的双手钳制住，并带他到就近的座椅上坐下："时间不早了，这一车的人都想赶紧回家！"接着我转过头低声对司机说："看在一车乘客的分上，你就让他留在车上。我会尽力不让他碰到你的！"然后我和醉鬼并排坐着。出人意料的是，醉鬼可能见我气势逼人，坐下后只是嘟嘟囔囔，并不敢和我起什么冲突。

巴士终于在我的"护驾"下重新启程了，但是一车人感到似乎被"恐怖分子"劫持了，因为谁都不知道车上绑着的这颗"炸弹"何时会爆炸，整个车厢充斥着压抑和恐惧。而我也时刻准备着应对可能出现的各种危险情况。好在巴士经过几个街区后，醉鬼在大家的目送下终于下了车，我也赢得了全车乘客的感谢与掌声。

"显然大家很清楚醉鬼有可能携带武器，为什么当时一车人中只有我有底气涉险站出来伸张正义？"我望着醉鬼渐渐消失在夜幕中，开始审视事件的始末：看来，这得益于我高中时苦练的摔跤技术——即便醉鬼在我面前掏出匕首或手枪，我都可以在极短的时间内夺过武器并将他制服。当然这还得益我从小为了在野外生存而学习的技能，使我不但不怕，而且有信心很快、很熟练地处理危机，使它不再造成威胁。这一切的防身自卫术与知识，在我早年的不断学习和练习中变成了肌肉记忆和瞬间应变能力，没想到长大后还真的成了我和邪恶对抗时的勇气与砝码，让我当天尝到了像超级英雄保护市民一般的成就感……

智者常说："通过教育做好准备，远比通过悲剧学习的成本要低。"我是幸运的，从我六岁起，父亲就开始教我在野外的一些基本生存技能，而我们家积极自卫的传统部分来源于一场差点儿酿成悲剧的陈年往事。我们当时住的房子在山顶的树林深处，常年被茂密的植被覆盖，与鹿、浣熊、狐狸、野狗、郊狼，甚至美洲狮和黑熊等各种各样的动物做着邻居。虽然绝大多数时间动物和人类和平共处，但是动物的行为毕竟不是我们可以预测的，在一些极端情况下，是否有良好的应变能力和自卫技术，那就是生与死的区别。所以包括如何用枪自卫在内，都是野外关键的求生技能。父亲用"差点酿成悲剧的经历"很早就开始对我灌输自卫的重要性——据说我父亲年轻时在林场单独巡视，无知无畏地从来不习惯佩枪出门，甚至在夜幕降临后，也不带手电筒等照明设备。他经常沿着土路在森林里走上一英里，一直没有碰到过什么大问题。直到20世纪80年代初的一天，改变他一贯自信和处事态度的事件发生了。

那天夜里，父亲如往常一样带着他的狗散步回家。正在林间小道上悠闲地走着，"汪！汪汪汪！……"两条狗忽然惊恐地吠叫起来，还没等父亲回过神来，它们已经向一片漆黑的前方直奔而去。不明真相的父亲紧跟而上，跑到离家约一百码的地方时，突然发现一团硕大黝黑的不明物体挡住了去路。"咔啦咔啦咔啦……"那团黑影如同一台庞大的装甲车，所到之处的树丛无不被碾压出一条"隧道"来——天哪，居然是一头成年黑熊！

寻寻觅觅的黑熊闻声转过头来，四目相对，父亲倒吸一口凉气，向后趔趄了几步，心想：空手肉搏无疑是以卵击石，逃离现场更可能引起熊的追逐！好在狂吠的狗引开了熊的注意，退无可退的父亲别无选择，只能急中生智跃上了身边的一棵树，并以最快的速度爬升。等父亲快到树顶、气喘吁吁地往下看时，更可怕的一幕发生了，大黑熊不仅没有被狗完全引开，反而抱住了那棵树，还仰头对他咆哮。父亲吓得大气也不敢出。好在笨重的身躯让熊无法上树，犯了急的熊居然开始用自己的身体摇蹭树干底部，整棵树开始猛烈晃动，父亲用尽全力紧紧抱住他的"救命稻草"，随着它在空中左右摇摆。过了好一会儿，黑熊总算对他失去了兴趣，转头去追逐已经跑进树丛中的狗。父亲等熊离开了一会儿后，下树迅速跑到了最近的一户邻居家求助。最终，好心的邻居开车将我父亲护送回家。谢天谢地，两条狗也毫发无损地在家门口等着他。但是我父亲在野外的自信和安全感在那一天被打得粉碎。

几天后，渔猎部门接到了父亲关于被熊攻击的报告，设下涵洞熊笼陷阱诱捕了那只大黑熊。当他们往陷阱里望去时，都大吃一惊——那熊竟有一般成年黑熊的两倍那么大！要不是父亲那天走运，很可能就会发生一场可怕的悲剧！虽然有关部门最终决定重新安置那只好奇的黑熊，但是望着装载熊笼的货车远去，父亲暗下决心要学习武装自己，且再也不敢冒险不带自卫武器就在树林里活动了。

父亲在我很小的时候就教育我：我们无法阻止危险的降临，但是我们可以用知识与技能武装自己、保护自己。父亲提醒我要时刻准备着，因为危险随时随地都有可能发生。到了高中，我更是积极加入了学校的摔跤队，在增强体魄的同时还锻炼了自己一对一搏斗的实战技能。

......

车到站了，我下车漫步在旧金山街头，午夜的城市虽美丽，但却危机四伏——流氓、醉鬼和流浪汉总是不期而遇。年岁的增长使我越来越体会到，应对危险最好的方法是从小养成"时刻准备着"的习惯与生活方式，而不是一拍脑瓜临时想出对策和计划。在我野外活动的经历中，积极准备、学习自卫的习惯和传统终究被我传承了下来，这让我更有信心应对生活中遇到的各种危险和挫折，且让我在之后的城市生活以及人生的道路上长久受益。

用我很喜欢的一句话来总结：做好准备就好比是呼吸。如果你不这样做，那，就等同于自取灭亡。

　　如果说《成长的烦恼》捅破了一个口子，让当时的国人看到了西方不一样的生活，那么几年后《侏罗纪公园》等好莱坞大片的引进，更是打开了我们的脑洞，让我们看到原来科幻片可以拍得如此炫目逼真，剧情可以如此天马行空。

　　"快来帮我读标题啊！快点快点！"在走廊上烧饭的母亲只要一听见房间里的我在大叫大喊，就会放下手中的活来"救火"："哎呀，妈妈很忙哎！"母亲一边在围裙上搓着湿漉漉的双手一边往屋里赶，但是通常在半路上就听见我的抱怨："喏喏喏，没有了喏……"

　　上幼儿园的时候，每天回家第一件事就是打开电视，抓紧时间在《新闻联播》前观看我最喜欢的动画片。这时父母通常会在筒子楼的走廊上做饭，也没有人和我抢电视，这是我一天中最快乐的时光。那时的我还不识字，因此每集动画片的片头曲一过，我就急着叫大人们来帮我念文字标题。

　　当时中央台播放的《太空飞鼠》系列，里面的《海克和杰克》

《大狗副警长》，还有《猫和老鼠》《大力水手》等美国动画片都是我的最爱。那时的我并不知道，这些动画片的年龄其实比我父母的年龄都要大，但是里面逗趣的情节和动画语言跨过了近半个世纪竟然仍引人入胜，这也是我最早对动画职业产生兴趣的原因。

还记得在同一个时期，母亲疯狂地爱上了一部上海电视台引进播放的情景喜剧《成长的烦恼》，这在娱乐稀缺年代简直就是一部神剧，它是我家追的第一部美剧。

透过一台 18 英寸"西湖"牌彩电，我们看到了外面的世界：20 世纪 90 年代初，我们一家三口还挤挤挨挨地住在单位分配的二十几平方米的筒子楼里，生活条件简陋，而荧屏上"西弗"一家住在纽约郊区多层楼的大宅子里，简直就像天堂。再回头望望我们家就一个孩子，每天被家长团团围着透不过气来，而西弗一家三四个孩子，父母和子女间称兄道弟，如此平等轻松，让我们大开眼界。

只记得每晚到点母亲就窝在沙发上一边织毛衣一边追剧，而我则自得其乐地在她身后的沙发背上爬来爬去。母亲有时哈哈大笑，有时暗自抹泪，好几次看得投入，连我滚落到沙发背与墙的夹缝里也毫无察觉……剧中很多情节我并不是很懂，但是美国家庭生活的轻松幽默，对话的可爱俏皮，还有美国人"露骨"地表达爱意，都深深印在我的脑海中，当然还有我对那个世界的憧憬。而且，这部剧也启发了我母亲的教育方式，我向来认为我不是一个在非常传统的中国式家庭教育中成长起来的孩子。记得当时母亲就开始运用剧中父亲的方式，尽量平等地对待我，和我互称"哥们儿"。回想起来，这都是《成长的烦恼》带给我们家庭的新现象。

如果说《成长的烦恼》捅破了一个口子，让当时的国人看到了西方不一样的生活，那么几年后《侏罗纪公园》等好莱坞大片的引进，更是打开了我们的脑洞，让我们看到原来科幻片可以拍得如此炫目逼真，剧情可以如此天马行空。到了我上学以后，父亲开始迷上好莱坞大片，特别是《终结者》系列，成为施瓦辛格的影迷。

记得当时还是录像机的天下，父亲会不顾夏天中午毒辣的太阳，趁午休天天骑车回家，为的就是将电视台中午播放的好莱坞大片用录像机录制下来。一段时间以后，家中的录像带已经堆得比我还高，录像机也被用破了一个又一个。

父亲是一名大学英语老师，他在周末还要带大学英语四六级强化班。不知从什么时候开始，他的课变得非常受欢迎。有一阵子，我发现他经常带着录像带去上班，这才知道，原来他经常在课上为学生播放英文版好莱坞大片。父亲美其名曰"听力练习"，我看更像"电影鉴赏"。他总是将片子分开一段一段地播放，在那个没有网络片源的年代，要想知道结局，学生只能乖乖地来上课了。所以他的课很受欢迎，也几乎不用点名，而且出乎意料的是，他的学生英语考级通过率一直都非常高。这对外一直都是一个谜，其他老师也有点搞不懂。他临下课前播放英语片的惯例已经成为他和学生之间的小秘密，默契地开展了很多年。后来市面上有了 DVD 机，父亲为了增加"教学资源"，经常在放学接我回家的路上跑到天桥下的小摊上搜罗更多的"英语片源"，也真是用心良苦。

在我出生前，美国就不断地向全世界输出他们的文化、思想和传统，让我们这些看着美国动画片、追着美剧成长起来的外国人对这个国度并不陌生，缩小了距离感，有些行为举止甚至在无意间被同化，这大概就是文化的影响力吧。虽然有时候不愿意也不甘心，但我还是对拥有这么多优秀美国影片的童年心怀感激。

我们家的毛孩子们

我相信，只要我们投入一份爱，它们会几倍几十倍地爱我们。

我母亲成长在一个基督教家庭，基督教的博爱和善良都很好地体现在了她的身上——她热爱动物，也爱拯救动物，所以每到一地她总是收养很多动物。当时我们家里比较宽敞，在我婴幼儿时期，我们家曾有五条狗、一匹马和一只鸟，还有数量惊人的猫。我父亲说应该有二十五只猫，但是不断有小猫的出生和死亡，所以在我看来像是近五十只。

每天早晨一起床，母亲就扛着一大袋猫粮到屋外的平台上，一边呼唤一边将猫粮抖撒在地上："来这里，来这里，小猫们。"五颜六色的大猫小猫们就从院子的四面八方向她奔来，很快就把空旷的平台填满了。喵喵的叫声夹杂着隆隆的奔跑声……场面十分壮观，这就是猫猫的早餐时间。

就这样，我和我的表兄弟，还有所有的动物一起在林场度过

1992 年，瑞德在幼儿园布置的场景中
拍摄"西部牛仔大片"，当时瑞德家的
后院也有一匹类似的枣红马

了几年美好的时光。但是父母的离异使得母亲决定带着我和表兄弟搬离父亲的林场，当然，还有她多年饲养的动物们。这可是一项不小的工程。

我们和母亲将一部分动物装到笼子里，搬到了货车上，和所有的家具与箱子一起，开始了 300 英里的搬家旅程。父亲则负责转移一辆我外公曾经的宝贝——敞篷老爷跑车，以及剩下的一些动物。可怜那 1968 年生产的福特野马，漂亮的皮椅子上被塞进两条大狗、一个鸟笼和一大笼子的猫。由于我们只剩一个狗笼，所以七八只猫只能被塞在一起。

　　父亲说这是他一辈子最糟糕的旅程——拥挤的车厢里，猫狂躁不安地咆哮着，待行驶到高速公路上时，它们开始打架，随意大小便。更糟糕的是，半路上忽然下起了雨，而敞篷车的布篷坏了，父亲只能像自由女神像一样一手高举着顶篷挡雨，一手开车。一路鸡飞狗跳，狼狈不堪。鸟鸣声、猫叫声、狗吠声不断刺痛着他的耳膜，还间杂着一阵阵扑鼻的恶臭和迎面吹来的冻雨——开了近两个小时后，他终于忍无可忍，竟愤然下车直接将一笼子的猫在路边放走了。

　　我母亲的博爱使我在很小的时候就承担起照顾很多动物的责任，我和家中其他成员会感到被迫接受这些动物的压力，与强加在我们头上的负担。我认为自己只是一名替我母亲照看动物的饲养员，并没有机会和其中任何一个动物建立起亲密的伙伴关系。童年的这段经历使我很长一段时间对饲养动物都没有好感。

在我们搬到俄勒冈州后，母亲送给我一条黑色的拉布拉多猎犬。和在父亲的林场不同，我终于有了一只仅属于自己的动物，我给它起名叫帕贝。对于孩子来说，拉布拉多犬十分庞大，它可以轻而易举地站起来舔到我的脸。我们一起睡觉，一起玩耍，一起散步。我很爱帕贝，因为我第一次感到有一只动物对我表现出了不一样的忠诚。而不是像从前，家中即便有五条狗，在我眼中却像是一群牲口。我开始实实在在体会到拥有动物的乐趣。

不幸的是，有一天放学回家，帕贝不见了，我哪儿都找不到它。焦急的我每天傍晚都坐在屋外等待，并虔诚地向上帝祈祷，希望它赶快回到我的身边。

几个星期过去了，母亲只是安慰我说帕贝离家出走了，它应该不会再回来了。但是我怎么都不能接受忠诚的帕贝会"叛逃"，所以很长一段时间都为它担心着，期盼着它的归来。

多年后，我才从父亲口中得知，帕贝那天早上跑上街被一辆疾驰而过的轿车撞死了，他们怕我不能承受打击而选择对我说谎。

帕贝是我童年时期唯一属于我，且有着我深厚感情投入的动物。我非常怀念它曾经的陪伴。它让我认识到饲养动物用心和不

中学时，瑞德为家中
狗狗画的素描

　　用心的巨大区别，动物需要的不仅是一个可以遮风避雨的家，它
们也需要归属感，需要和人有亲密的交流。我相信，只要我们投
入一份爱，它们会几倍几十倍地爱我们。

致鸡妈妈的信

　　童年的我是一个特别有爱心和好奇心的孩子，无论何时何地遇见动物，都挪不开脚。动物园曾是我假期最爱光顾的地方，我也曾立志长大要当一名动物饲养员。

　　"叽……"夏季的周末，还未跨出少年宫大门，远远地，就听见数百只蝈蝈儿壮丽的大合唱，走近了，还能听见夹杂着卖花奶奶"白兰花，卖白兰花嘞"的独唱——那便是我周末兴趣班放学时最期待的天籁。少年宫大门外沿街常年有一排小贩，卖玩具的不说，其中还不乏卖"时鲜货"的。回家的路上，我就一手提着我的宝贝宠物蝈蝈儿，一手将白兰花别在自己的衣扣上，在虫语花香中陶醉一程。

　　童年的我是一个特别有爱心和好奇心的孩子，无论何时何地遇见动物，都挪不开脚。动物园曾是我假期最爱光顾的地方，我也曾立志长大要当一名动物饲养员。可惜的是，父母从不允许我饲养猫猫狗狗那样的动物，不仅因为怕我玩物丧志影响了学习，还因为当时生活空间狭小，条件不允许。

小文子常用西瓜皮喂蝈蝈儿

　　夏日的傍晚，我会像小男孩一样跟着爸爸去野外捉蟋蟀和金铃子。我爸打小就和他的兄弟们淘气，也是个皮大王，做了父亲后，仍很喜欢在孩子面前露一手。在筒子楼的时候，楼下的小花园就是我们的主战场。吃过晚饭，我们便扒开树丛，蹑手蹑脚地贴着杂草丛生的地方，像排雷一样一路寻找。蟋蟀的叫声时断时续，时高时低，我很难辨别它的方向，但是爸爸总是能很快定位。忽然，他摆摆手不让我再靠近，生怕毛手毛脚的我吓跑了蟋蟀，于是我就揣着蟋蟀网和手电筒，伸长了脖子在几米外观望。只见他先是小心翼翼地翻开了几块石头，又用螺丝刀挖开了泥土，"叽……叽叽"，声音响了一些，但好像还是闷闷地从地下传来，于是他站起身来往叫声发出的土坡上倒了一小壶水，呵，这下子，蟋蟀一下就从地底下蹦了出来！

小鸡是小文子在筒子楼住时养过的最大的动物

　　夏季不仅有蝈蝈儿、蟋蟀和金铃子，金龟子也是我爸经常为我抓的小宠物。他教我用棉线扣在金龟子脖颈和翅膀两边交界的缝里，在它们胸口打个结，这样我就可以像放风筝一样遛金龟子啦！我拽着棉线的一头，将金龟子在空中摇晃，它就开始吱吱地扑扇翅膀，向窗外飞去。阳光下，金龟子的铠甲绿光中泛着金光，金光中闪着紫光，绚丽多彩。

　　就这样，这些小虫成了我童年最初的朋友。我每天和它们说话，喂它们吃西瓜和毛豆籽，而到了深夜，它们也唱着催眠曲，伴我入眠。

　　童年的夏天，我因为有了这些小精灵的陪伴而不再寂寞。

　　到了初春，天桥下就有农民在路边叫卖小鸡。那一团团金黄色的毛球在竹筐里翻滚着，让我着迷。当我们还住在筒子楼的时候，小鸡便是我养过的最大的动物了。看着小鸡拍动着翅膀，轻盈中带着笨拙，叽叽地叫着，跟着我满屋子跑，我特别有当"鸡妈妈"的自豪感。幼儿园大班的那年春天，为了不让小鸡晚上受冻，我用纸巾为它们做了"尿不湿"粘在它们的屁股上，让它们睡在我的被窝里。寒冷的夜晚里，我尽量用体温温暖小鸡，"叽叽咕，叽叽咕……"听着小鸡的叫声越来越微弱，等到它们睡过去了我才安心合眼。不幸的是，最终小鸡们还是在一周后相继死去。作为小鸡的"养母"，我感到难过和自责，缠着妈妈给在养鸡场的鸡妈妈写信道歉。于是，由我口述，妈妈代笔，完成了一封"给鸡妈妈的信"，塞在一个我自己制作的只有火柴盒大小的信封里，还在信封上端端正正地写上"鸡妈妈收"。我忐忑不安地将信交给妈妈，让她帮我投到邮筒里。甚至在幼儿园上课时，我心里还在记挂着这封信，担心信太过迷你，邮递员叔叔会忽视它。最近我才知道，这封信被妈妈完好地收藏在她的日记本里，以至于今天的我，读到它时都被自己的童趣给萌到。

"斯波克病毒"

为了追随斯波克医生的"婴儿即刻满足"理念，美国人付出了几代人的代价！

当我刚听说我的一个远房亲戚获得了有关"课堂和行为管理"方面的硕士学位时，我还以为是一个玩笑："难道现在美国学校需要有这样学历的老师才能镇得住课堂?"周末家庭聚会上，大家兴致勃勃地讨论着这一话题："据说现在美国初等教育的课堂上，老师需要将大部分精力放在维持课堂秩序上，根本没有时间和精力好好讲课。""是啊，以至于美国现在有些孩子到了中学竟然连一句像样的句子都写不完整。"只听一群老人忧心忡忡，在那里你一言我一语地声讨起美国社会对于孩子管教的失败，而我的思绪则飘到了地球另一端。

我第一次来到中国，路过一个居民小区时，被一阵尖厉的女声吓了一跳。循声望去，一个女子正在花坛边高声地训斥着一个四五岁的男孩，男孩委屈地拉着她的衣角像是讨饶，可那个女子仍然不依不饶。我虽然不知道发生了什么，也听不懂他们的对

瑞德被长辈抱着

话，但是可以感知一定是男孩犯了什么错。只见女子靠着花坛边坐下，粗暴地扯过孩子的胳膊把他摁倒在膝盖上，旁若无人地扒下他的裤子，狠狠地打了他的屁股。她那娴熟的手法不难让人看出她经常这样惩罚孩子。我在一边吓得心惊肉跳，匆匆绕过他们，孩子的哭声伴着女子的呵斥声响彻了整个小区。更让我惊奇的是，当我再回头看时，发现好些路人泰然地从他们身边走过，好像什么事都没有发生一样。

看起来中国社会似乎对这样的事习以为常，但是这一幕对于现在的美国人来说太震撼了。我一边走着，脑子里在飞快地运转，我都记不得上一次看见家长在大庭广众之下如此严厉地训斥自己的孩子是什么时候了，更别提堂而皇之地使用暴力了。如果那对母子是在美国，说不定就会有爱管闲事的路人报警，那位母亲也许会以虐待儿童罪而被逮捕。

　　噢，我记起来了，在我还很小的时候，父母曾经这样惩戒过我，不过次数屈指可数。那是 20 世纪 80 年代末 90 年代初，我对一些家长训斥孩子还有依稀印象，然后到了少年时代，似乎我周围的父母们就很少会对孩子疾言厉色了——现代美国家庭中的惩戒已经慢慢地"退化"掉了。

　　我和吉姆姑父谈起在中国的这一见闻时，他居然不以为意。从他那里我才知道，原来在 20 世纪 50 年代以前，美国社会还和中国社会一样严格，打骂孩子也是寻常的事。学校里，不遵守课堂纪律的孩子会被老师用长长的戒尺打手心，然后在教室角落里罚站。吉姆姑父笑着提起他和三兄弟要是谁在学校犯了错误，回到家总是会被互相告发，然后免不了被家长用剪去枝丫的红杉树树枝抽打大腿和屁股，虽然伤不到皮肉，但是那种痛还是刻骨铭心的。

但是到了 1946 年，一本革命性的育儿书籍问世了——儿科医生斯波克撰写的《婴幼儿保健常识》(*The Common Sense Book of Baby and Child Care*)，而且立即成为仅次于《圣经》的畅销书籍。于是，斯波克医生关于育儿的思想影响了美国好几代父母，他的书传播宽松育儿和对现状满足的理念也影响了很多年轻人。斯波克医生还鼓励父母将孩子视为不同的个体，不应该采取千篇一律的方式教育他们，也就是说父母应该给予宽松的环境，任凭每个孩子的天性"野蛮生长"。他坚持认为父母应该对孩子表现出爱意，而不是惩罚和教训，这在 20 世纪是对传统育儿智慧提出的异乎寻常的挑战。

是的，我知道很多人会站出来说："美国孩子富有创造力的根本，就是因为他们没有受到太多的约束。"然而任何事情都有一个度，现在有太多的美国孩子没有被家长严格要求，这些孩子做了坏事却没被惩罚，父母一味地放纵孩子的天性。先不论他们是否会更具有创造力，可以确定的是，他们在无意中接收到一个信息，那就是他们可以在不考虑后果的情况下做任何事。这样一来，可以预见的是，最坏的结果就是这样的孩子长大以后会走上犯罪的道路。这也许就是现代美国社会犯罪率居高不下的原因之一。当然也会有少数美国人成为这种教育的受益者，他们特别富有创造力，并幸运地获得了成功，但大多数的美国年轻人正过着危险的过度放纵的生活，从他们大腹便便的体型就可见一斑了。这其实验证了斯波克医生过度宽松的育儿方式在某种程度上的失败，它像病毒一样植入美国文化，让现代美国人认为这是一种常态。早有人对斯波克医生的理念提出不满："为了追随斯波克医生的'婴儿即刻满足'理念，美国人付出了几代人的代价！"

我感到幸运，因为我的母亲显然是受到了斯波克理念的影响，在她的心中，我永远是最棒的，永远都没有问题需要纠正和改进，于是我接受了几年单亲母亲的"爱的教育"；但是有时我的父亲会把我接回他的住处，姑父姑妈们那些美国老派的教育立即影响了我，他们严厉地管教我，让我收收筋骨。谢天谢地，这一切至少使我没有被荒废，而且我认为自己是个很有爱心、天真烂漫的人。也许这两种教育就应该穿插着进行，哪一种太过偏颇都不能成功地培养出好的孩子。

在我看来，适当的惩戒可以帮助孩子理解对与错的区别，这在价值观的养成中至关重要，对他们的思想和行为也有最直接、最快速的影响。小时候，当我们还在探索和了解这个世界的时候，让我们懂得做坏事以后会带来什么严重的后果是必不可少的。尽管家长的惩罚会让我们感受到短暂的痛苦和折磨，可是这和成年后在真实世界中受到的"惩罚"相比实在是太微不足道了。所以，从长远来看，让孩子从小知道要对自己的行为负责，其实是一件好事。

可怕的是，尽管斯波克的书籍已经不像在 20 世纪 50 年代那么轰动与风靡，但是他影响了我们几代的父母、教育家，甚至整个社会的观念。即便今天的很多家长和老师并没有阅读过他的书籍，但是他们都在不知不觉地践行他的理念。我不是很确定为什么美国社会对斯波克的全新理念如此痴狂，但是我可以感到这就像某种社会实验，就好像美国这个国家社会制度的建立本身就是人类前所未有的一大实验，因为这完全违背了人类千百年积累下来的常识和经验。我开始担心起来，随着老一代美国人的离去，现在的美国人根本就没有见过斯波克理论提出之前的育儿方式，我们的社会已经陷入了一个不关心教养，只关注孩子自身感受和情感的泥潭。这种提倡孩子情感至上的理念已经使我们的教育几近瘫痪——家里父母不能管教孩子，学校里老师不能管教学生。这还导致了世代以来我们社会中对长辈、对家庭、对教育工作者甚至对权威的尊重正一点点地消失。

　　我到世界各地旅行得越多，越是意识到这基本上只是西方社会的问题，亚洲等地区至今仍然保留着自己传统的价值体系——孩子们还尊重着家长、老师和长者，而家长也还保持着威严，可以随时用自己的价值观来评判和惩戒孩子，而这些原本在美国也司空见惯的现象如今在我的眼中是那么陌生而又稀奇。

是的，一共七天，我就学会了游泳。直到今天，母亲还在为她"虎妈"式的大胆游泳教学创造的奇迹得意不已。

上小学后，我家搬到了杭州城郊，由于紧挨着农业大学的各种试验田和鱼塘，我的童年又变得比一般城里的孩子更丰富和野性一点。

一到周末和假期，我就和家人到农大校园里玩，这里俨然成了我们的后花园。暑假里，我会和我的表姐到湖边捉小鱼，摸螺蛳。有一阵子，我还经常到农大的桑树地里摘桑叶，在家养蚕宝宝观察。冬去春来，我也见证了农大试验田里各种农作物的播种、生长和收割。

农大不仅给我们提供了美丽的湖泊和田野，还给我们提供了宽广的运动场地。我在这里学打羽毛球，学溜旱冰，学滑滑板车，学骑自行车……这里也可以说是我的第二课堂。

农大校园里当时还有一个对外开放的露天游泳池，设施现在想来非常简陋，但是到了夏天，尤其是晚上，这里热闹非凡。

　　暑假来了，班上的很多同学都在学游泳，家长大多为他们报名了游泳速成班。晚饭过后，我们一家三口骑车穿过整个农大校园去泳池。一路上试验田里蛙声一片，生机盎然。哗哗哗，晚上7点钟的泳池人头攒动，像下满了"饺子"般挤挤挨挨！

　　我正在泳池边哧哧地为我的新游泳圈吹气。这时，邻居哥哥忽然从浅水区冒出头来，故意溅了我一脸水："嘿，还在用泳圈哪？"说完后，得意地以狗刨式泳姿游开了。叔叔在一边向我母亲介绍说："我上星期给他报名了游泳班，我给他定了目标，这个暑假拿下游泳！你们也赶紧的，名额有限哦！"母亲有些疑惑："你游泳那么好，为什么不自己教呢？"叔叔扭过头去摆摆手："哎哟，这是两码事，游泳这种事情，特别是教自己的孩子，怎么教得会哟？！贵是贵了点，但是孩子早点学会游泳相当重要啊！"

　　等邻居父子俩游远了，父亲仰泳着漂过来，不屑地说："他说的游泳班我见过！什么游泳教练！不就是铁着心把孩子往水里抛吗？"于是，那天父母在泳池里下定决心，也要让我在暑假学会游泳，但前提是——自己教。我也受了点刺激，暗暗下定决心要比邻居哥哥更早地学会游泳。

　　第一天，我只是在浅水区独自练习憋气和吐气，感受水的浮力。

　　第二天，我开始在较深的浅水区练习踩水，渐渐有了安全感。

　　第三天，母亲在前面抓着我的双手让我在水里练习蹬水，我

学习游泳的小文子（《浮岛》）

瑞德想象中的上帝（《恐龙是上帝创造的吗？》）

头戴海军帽、手捧军舰画册的小文子在护卫舰的甲板上拍照留念
（《小尾巴》）

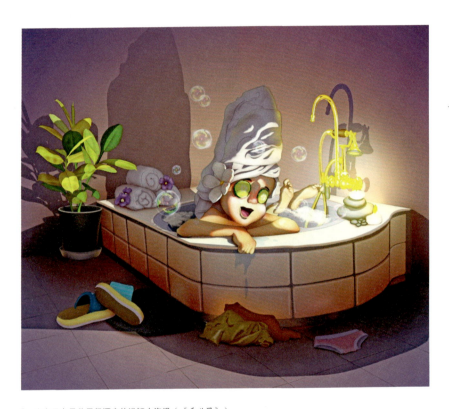

小文子在曼谷星级酒店的浴缸中泡澡（《看世界》）

一开始头一直昂着，任由母亲在前面引导我前进，渐渐地，我可以将手部划水动作加入了。到夜场结束时，我已经可以扑腾划拉两三米了。

第四天，吃过晚饭，父亲拍拍我的肩膀说："看来你这两天'颇有成效'，暂时不需要我的指导了，今天就继续练习蹬水，我就不跟去了……"然后再三叮嘱母亲要注意安全，不要带我去深水区。

但是，没有了父亲的"监督"，母亲反而大着胆子，领我来到不太拥挤但较深的水域让我进行换气练习。脚踩不到底，我有些慌乱，因为我需要划拉好几下水才能抬头换一口气。母亲和我脱开一米五的距离，让我游到她那里。我每次胡乱扑腾着游到她身边，就像抓住救命稻草一样一把搂住她的脖子，等她把救生圈套到我脖子上才找回一丝安全感。

第五天，我们已经直接从深水区下水了，母亲在我的前面拿着泳圈引导我："现在我还是像咋天那样脱开一点距离，你试试看游到我这里，我给你救生圈。"我心想，"这个没问题！"可是划拉了几下我才意识到怎么游都游不到——母亲就像一座不远处的浮岛，我前进，她后退，所以永远也碰不到她。我想抱怨，但是在水中无法张口说话。渐渐地，我们开始进入泳池的中央，我越是害怕，就越想游到"对岸"去抓住救命稻草，可是那个"对岸"一直在后退……我感觉自己的呼吸很难调整，一直在挑战自己的极限。最后，"浮岛"终于不动了，我游上去一把抱住她，咳着水，大口地喘着气："你……你……你骗我！不是……说好一米五的距离吗?!"我有些愤怒,感觉自己刚刚真是死里逃生。可是母亲脸上却放着光:"哈哈,你转头看看!"哇!这时我才惊讶地发现,自己刚才居然横穿了泳池!可真是置之死地而后生啊!

第六天,母亲教我怎样更好地在水里换气,调整好划水和换气的节奏。我终于领悟到原来换气好是游泳游得长的一大关键,如果不能有节奏地换气,全身的力气和注意力就会集中在脸部,很难保持体力。一个夜场练习下来,我开始可以有节奏地每划两下水换一次气了。

第七天,晚饭过后父亲拉长了音调说:"我猜,你们没有我的指导帮助,这两天肯定没寸进吧!"我和母亲偷偷交换了一下眼神,不动声色来到泳池。下水后,父亲简直不敢相信自己的眼睛——眼前这个有模有样纵穿泳池的小女孩居然是他的女儿!

是的,一共七天,我就学会了游泳,游泳也成了我最喜欢也最擅长的一项运动。直到今天,母亲还在为她"虎妈"式的大胆游泳教学创造的奇迹得意不已:"在深水区我当然有分寸,不然我为什么一直拿着一个备用救生圈呢?我就是要一直保持一个危险时我可以抓住你,但是你永远够不着我的距离。"的确,如果一直待在安全的浅水区,我可能这辈子都学不会游泳。只有经历过这种求生的挣扎,我才能变得更加强大!

外面世界
很精彩

试卷上的青蛙

我能够在情感和精力上依靠一生的永恒不变的事物，就是画画。

从幼儿园开始，我就展现出比别的孩子对画画更浓厚的兴趣，因为在填色练习时，我总能仔细地将颜色涂在每个色块的边线中，而周围大多数孩子只会抓着画笔在填色本上横七竖八地乱画。直到有一天，我发现一个孩子可以用铅笔画出逼真的羽毛，才第一次感到自己的渺小和微不足道，因为我一直认为自己是幼儿园里画画最棒的孩子。所以从那以后，嫉妒心促使我加倍努力地学习画画。20 世纪 90 年代初，我们还没有宽带网和手机，当时的孩子没有那么多的娱乐选择，也没有那么便捷的方式打发时间。于是我就喜欢从电玩和电影中获取灵感，绘制人物和生物，这是我当时最大的爱好。从幼儿园到高中，我一直在努力使自己成为学校画画最棒的孩子。

而且有一段时间由于家庭的变故，我的情绪一团糟，根本没心思认真学习，即便我很想成为好学生，我也不得不经常想着游戏和动画片中的那个世界，好让自己开心一些。于是我在学校的大部分时间都花在了做白日梦和画画上，这便是我当时最好的镇痛剂。更糟的是，我不得不经常从一所学校转学到另一所学校，因此很难找到长期固定的朋友。环境的不断变化和朋友的变换使我不得不学会放弃友谊，从小在感情上保护自己。那段时间，情绪低落的我感到，我能够在情感和精力上依靠一生的永恒不变的事物，就是画画。

你可能会感到惊讶，直到上高中前，我都没有参加任何正规的画画课程和训练，画画对我来说就是在能够找到的任何纸片、记事本或是书本的角落里涂鸦，而且我对画画痴迷到了随时随地就画的地步。

记得小学四年级的一堂数学课上，做完课堂练习的我开始神游，认真地在那张练习卷的空白处描画起一只青蛙来。这一幕恰巧被正在巡视的数学老师发现了，他二话没说，一把抓起我的卷子，当着全班同学的面撕得粉碎，然后给我一张空白的卷子让我重做。在同学们的哄堂大笑中，我感到无比羞愧与难过。要知道我曾经很喜欢我的数学老师，他还是我们课后的儿童橄榄球教练，而且每个礼拜天我们都会在同一个教堂做礼拜。但是那一刻，我从他的眼神中居然看到了他对我的厌恶。对于一个孩子来说，那简直是灾难性的打击。

我当时并不知道他为什么要发那么大的火，现在回想起来，这件事可能早有伏笔。在那个人人都去教堂的年代，当大家都在台下认真听讲或是唱颂歌时，我经常是那个躲在角落里，在教堂

1996—1997

瑞德小学四年级时的班级合影

随取的空白信封上涂鸦的男孩。那些信封与铅笔是和《圣经》一起被插放在每排座椅靠背的后方，专门用来捐款用的。所以当时教会成员对我的举动颇有微词，也许我的数学老师也是其中一员，他们认为我不但不虔诚地参与教会活动，还浪费了公共资源……但我毫不在意，每当无聊或不能集中精神听讲时，我就会不由自主地随手取免费的信封和铅笔来画，似乎艺术才是我真正的信仰。

　　数学课事件后，我感到委屈、害怕。在我受到最喜爱的老师传递给我的负面反馈的打击后，我对数学课的热情大大降低，也失去了好好学习数学的信心。但是奇怪的是，被打压后的我对画画的热情反而更加高涨起来，变得一发不可收。

大头历险记

　　我试着将脑袋往栏杆外伸了伸，那两根天蓝色的铁栏杆竟然将我的脑袋卡得死死的，突然感觉自己既出不去也回不来。

　　一个春天的早晨，我在去幼儿园的路上发现大院特别漂亮——到处都是花篮装点，彩旗飘飘。我当时就读的单位幼儿园就在大院入口处，当天也是被花篮堆得最密集的地方。

　　整个上午，幼儿园的老师似乎都没有心思上课了，孩子们就跟着老师一起，密切关注着门口的动向，一有风吹草动，就跑出教室张望。小朋友们都非常兴奋，虽然不知为什么，大家都围在一起讨论着。

　　终于到了自由活动时间，"噼里啪啦，噼里啪啦……"门口忽然响起了鞭炮声，老师们应声跑出了幼儿园，原本在操场上撒欢儿的我们，也都跑到幼儿园的围栏边探头探脑。只见几辆轿车和一辆中巴车缓缓驶入大院前门，刚好在我们幼儿园正门不远处停了下来。从车上下来一群人，嘿，个个西装革履，高鼻子蓝眼睛，他们是来大院参观访问的。

　　这下小朋友们就更稀奇了，为了跑到路中间去看"西洋镜"，竟然激动得从栏杆缝里纷纷钻了出去。毕竟 20 世纪 90 年代初在杭州马路上还不太碰得到外国人，这种凑热闹的事我也不甘落后，从滑梯上连滚带爬下来后，迅速跟着大家跑。可是意想不到的事发生了——我试着将脑袋往栏杆外伸了伸，那两根天蓝色的铁栏杆竟然将我的脑袋卡得死死的，突然感觉自己既出不去也回不来，而且太阳穴被挤得生疼："你们，你们等等我呀！"可怜的我只能拍打着栏杆喊，眼巴巴地目送着其他小伙伴轻松地"越狱"。

　　等幼儿园里绝大多数小朋友都跑到主干道上时，老师们才回过神来——这下闯祸了！急忙在人群中将孩子们一一赶回来。

　　我也趁乱努力地寻找脱身的机会，上下左右不停地扭动着，手脚并用不说，身上也急出了汗，头上的发箍被挤掉了都毫不在意，只希望能在被别人发现前顺利自救。幸好路边的人都只顾着"猎奇"，并没有注意到一个头卡在栏杆上的小孩。最终，我踮着脚尖将脑袋使劲往上耸了耸，才在栏杆宽一些的螺旋纹部分找到一个合适的角度，将脑袋拔了出来。

　　傍晚，母亲来接我时，老师特意跑过来摸着我的脑袋，操着杭州话说："你们家伢儿真当听话嘞！今朝所有小伢儿都跑出去的，就她一个没有啦！"突如其来的表扬让我受宠若惊，看来老师压根儿不知道事件的真相，一旁的我只能一边抓抓挠挠自己还有些疼的大脑袋，一边不好意思地吐吐舌头，心里想着，要不是我机灵，今天还不得让那些老外看笑话了？

幸好路边的人都只顾着"猎奇"，并没有注意到将头卡在栏杆上的小文子

　　其实当我还在母亲肚子里时，医生就知道我是个大脑袋了，因为我的头围比一般婴儿大 0.2 厘米，而母亲的骨盆内径又比一般产妇要小 0.2 厘米，一进一出就是 0.4 厘米！所以要不是现代医学有剖宫产，我和母亲都可能有生命危险。不过，从小我就以自己头大为荣，因为常听大人们说"头大聪明"，所以对大家一直管我叫"大头"也毫不在意。幼儿园"集体越狱"事件以后，我歪打正着地成了老师口中"最听话的小朋友"，在班级中大受表扬，我更加觉得自己头大是与生俱来的福气。

恐龙是上帝创造的吗？

"我不断祈祷着寻求答案和帮助，却任凭我的生活陷入一个可怕的黑洞……不，我不能再忍受了，我要开始我的反抗！"

"上帝创造了人类，那恐龙是怎么来的呢？"从小就酷爱恐龙的我，八岁的某一天终于耐不住性子趁着礼拜扯着一位牧师提问。

牧师很诧异，面部抖了抖，"嗯——恐龙是吧，也是上帝创造的啊"，他勉强克制住自己的笑，补充道，"它们是上帝在造人前的试验品……"

我沉默了，不知是失望还是什么，心里其实有无数个问号，但是不知从何问起。这大概是我对宗教的第一次小小的质疑。

宗教是我母亲家族的重要组成部分，而其悠久的传统可以追溯到数百年前。我的姨外婆甚至在年轻时毅然放弃在美国的优越生活，前往秘鲁的原始部落传教。在那个没有电、没有自来水、没有任何现代文明的村落，她和其他传教士并没有被那些赤身裸体的土著人吓跑，相反，他们与当地人同吃同住，帮助他们改

1999 年，瑞德从俄勒冈州
转学到加州与父亲一起生
活。开学第一天，瑞德兴
高采烈地装备上全新的衣
服、球鞋以及书包。自此
以后，母亲及教会对瑞德
的影响越来越弱

善生活。在坚强信念的支撑下，她一待就是几十年，等她再次回到家人身边时早已两鬓斑白。所以，在我的成长过程中，我不但被要求去接受神和耶稣进入我的内心，让我的罪孽可以得到宽恕，而且潜移默化中，外婆家的人无私奉献的大爱精神也一直影响着我。而我奶奶家的人虽然以基督徒自居，但是都是"自由派基督徒"——和当今的许多美国人一样，他们表面上的宗教行为实质上只是一种文化和传统，跟真正的基督教信仰并没有什么关系；他们一般不属于任何教会，也不会定期去教堂礼拜。

当我还在婴儿车里的时候，母亲就开始带着我和我的表兄弟去教堂，并积极参加教堂活动，例如周日礼拜以及各种慈善活动。有几年的平安夜，我与几十名同教会的小朋友被一辆巨大的消防卡车拉着满城转悠，随机地敲开路边居民家的大门，义务地为他们演唱圣诞歌曲，送去祝福。这便是我最初学到的以孩子的方式向陌生人表达爱与关怀的一种方式。看到开门后屋内家庭惊喜而又感动的表情，小小的我们也能体会到帮助他人所带来的快乐与满足。

在母亲和教会的不断感化下，我和我的表兄弟每天都会向上帝祷告，纷纷成了不折不扣的虔诚教徒。父母离婚后，母亲严重依赖基督教和教会，为自己的生活提供心理支持，并将新家搬到了教堂边上，从我们的卧室就可以看到教堂顶上的白色十字架。之后她单身多年，独自抚养我们三个孩子成长，坚持每晚睡前向我们朗读《圣经》。耶稣和上帝的精神让童年的我感到不可思议和振奋，使我内心充满温暖和美好。

　　所以有一段时间，我成了学校里最善良的孩子——我会定期与其他没有午餐的孩子分享自己买来的午餐。虽然自己下午经常忍饥挨饿，但我还是感到快乐。慢慢地，我发现了学校这个小社会中一种奇特的现象：我周围的同学开始逐渐习惯我的无私付出，每天都期望着在我这里吃到白食。如果哪天得不到，他们就会不高兴。等我意识到自己的善心被利用时已经晚了，他们会围起来打我，给我起绰号，因为我"打不还手，骂不还口"的性格已经被他们摸透了。此后我明白了，自己的善意不一定会得到同等的尊重，相反，还可能会被视为软弱的标志。因此，我的内心感到无比的迷茫和痛苦。在一段时间向上帝求助无果后，我开始挣扎，我预感到上帝不会解决我的问题，我开始意识到我不能只是躲在暗处祷告，我要接过自己命运的方向盘，不能再让别人这样践踏我！

　　这便是我第二次开始反思和质疑自己的宗教："如果这对我没有帮助，那我为什么还要继续这样做呢？我不断祈祷着寻求答案和帮助，却任凭我的生活陷入一个可怕的黑洞……不，我不能再忍受了，我要开始我的反抗！"于是，少年时期遇到的困难以及短暂的不开心的经历，竟然被我在某种程度上证明了祖先几个世纪来的信仰是"错误"的。渐渐地，我开始背弃我的信仰，疏远我的传统……

　　当传统和信仰被免费地甚至强制地灌输给我时，我不会珍惜，也不会理解，甚至还会反抗。就像儿时的我不会理解祖先的信仰传统到底为何存在，并且绵延了好几个世纪，所以稍有挫折，我就会将它抛弃。长大后，随着时间的沉淀，只要想起这段经历，我的内心深处就越来越感到羞耻，有一种"寻根"的强烈欲望开始萌发。今天的我则更像我奶奶家的人，对宗教有些疏远，但我仍然认为自己是一名基督徒。因为随着年龄的增长、阅历的增多，我开始慢慢地反省一些事——虽然，我的信仰经历总体来说还称不上完美，但在我很小的时候，基督教的价值观就已经渗入了我的血液，塑造了我的个性。正因如此，我每时每刻都以更加积极、诚实的人生观面对世界。因为它教会我，每个人都能找到幸福，这是我生活的动力，也是我一直努力的方向。

我在小学的时候，就造访过了浙江的很多角角落落，也算得上是很小就开过了眼界。

我的母亲是一名杂志社的记者，隔三岔五要到外地出差采访。暑假的时候，我就会变成她的小尾巴，跟着她各地跑。在她出去采访的时候，我经常乖乖地待在宾馆房间里做作业。有时候母亲也会把我带到采访地，但我从不妨碍她工作，自己安静地在一边玩儿，或是坐在桌边把前一天的游记记录下来。当时就有不少在场的叔叔阿姨对我的乖巧啧啧称赞。小孩都是人来疯，"这没什么，我觉得像我这种年纪应该独立了，"刚上小学的我竟然大言不惭得意洋洋地说，"我还想办个栏目叫《独立、能力和自立》呢！"这口气，这志向，倒有点像"媒二代"，真是语不惊人死不休。

母亲采访完后，会见缝插针抽时间带我在当地逛逛。所以我在小学的时候，就造访过了浙江的很多角角落落，也算得上是很小就开过了眼界。

　　印象最深的是 1995 年暑假跟随母亲前往舟山地区采访的一周。那时候还没有跨海大桥，需从宁波摆渡到舟山。坐在肚子里塞满汽车的大轮船上，望着时而青时而黄的宽阔海域，我兴奋不已。

　　第二天我跟随母亲到部队采访，我们由舰长带领，登上了"安庆"号护卫舰，这是当时中国自行研制的该型号护卫舰首舰，刚刚服役三年，灰白色的舰体在阳光下闪闪发光。在舰长自豪的介绍下，我们在甲板上参观包括导弹在内的各种先进武器，他还捧出三本军舰的介绍画册送给我，让我好不惊喜。最后，戴着海军叔叔的军帽，一手夹着画册，一手摆着敬军礼的姿势在护卫舰甲板上拍照留念的经历，成了我向小朋友们炫耀好久的资本。

　　领略了祖国军舰的英姿后，第三天我们在海军叔叔的陪同下前往朱家尖采访，下午抽空到南沙滩游泳。当时海滨浴场的救生圈大多是用黑色的大卡车橡胶内胎做的。我和母亲一人套上一个下水，海军叔叔划着水，带着我游到了最远处长满海草的鲨鱼网边。起初我们听着叔叔对这边情况的介绍，随着海浪起起伏伏，就像躺在摇篮中一般惬意。谁知不久后海浪逐渐大了起来，一浪高过一浪，我们的救生圈就像过山车一般在水里起伏翻滚，弄得我不仅胃里翻江倒海，而且小心脏也吊到了嗓子眼："我不行啦……要发心脏病啦！"可是这时候返回也不是件容易事，我们向岸边游两米，就被海浪拖回一米，我无力地趴在大橡皮圈上，全身发麻，难受得已经快要吐出来了。当我们终于挣扎着游到离岸边十几米的地方时，母亲惊喜地欢呼着："快到啦！"但我眼前忽然迷上了一片夹着黄沙的泡沫，一阵后退的浪潮突然从救生圈下方像抽水马桶一般把我吸走了，等大人们回过神来看时，海面上居然只剩下了救生圈，人呢?！此时的我正被大浪裹挟着迅速后退到深海……咕噜咕噜下沉了大概 5 秒钟，又来了一个浪头——我竟然神奇般地又被推回了妈妈和海军叔叔的身边！说时迟那时快，叔叔敏捷地一把从水里把我捞起。

又是一次大难不死的经历。整个过程对我来说极快，但是对于一旁被吓傻了的母亲来说特别漫长。多年后我和母亲谈及此事，她都心有余悸，说那次和掉进西湖里不同，如果当时没有另一个浪头及时把我推回岸边，要找到我的难度可就大了……想想真是后怕，这次海水浴真是玩了一把心跳的感觉，母亲差点儿就把我这条小尾巴给弄丢了，也难怪她很久都不敢向家人提起此事。这也让当时的我亲身体会到了这个世界的凶险，整天在外奔波的记者不只有风光的一面，也有风险的一面哪！

不打不相识

　　我们男孩和女孩不同的地方就在于——女孩更爱用语言社交，而我们则更倾向于通过竞争和对抗等活动社交。

　　记得小学午饭过后有一个小时的自由活动时间，我和大部分小伙伴都会选择去操场玩耍。攀爬架一向是最受欢迎的地方，一下课，我们就像一大群黄蜂簇拥到这里，所以因争抢地盘而引起小摩擦是不可避免的。那天我刚好到得早，爬坐到了高处的一根蓝色横栏上休息。

　　"嘿，小子！"屁股还没把栏杆捂热，我就听见有人在下面喊。"你不知道那是谁的地盘吗?！"我低头一看，原来是洛根！那个我们班上最高大的男孩，他可是出了名的小霸王，听说走到哪里都爱仗着自己魁梧的身材占别人便宜。我将头扭到一边，装作没有听见，继续眺望远处的风景。只听"噔噔噔"一阵迅速的攀爬声，我的双腿竟然被洛根猛地抱住，然后我们俩同时失去平衡，一同掉了下去！我不仅一屁股坐到了他肚子上，右脚还蹬到了他的脸上。洛根一下就像变成了一头发了疯的黑熊，不顾疼痛起身就向我扑了过来。出于自卫，我也不甘示弱，奋力挥拳反击。可是当他骑到我身上时，我才意识到他的体重和力量远在我之上，我像一只四脚朝天的乌龟被压在地上，拼命地挥动着四肢抗争。虽然实力悬殊，但是直到被周围孩子们拉开的前一刻，我都在不停地顽强抵抗着。

第二天来到学校，我处处小心翼翼，生怕洛根会找我麻烦。"啪——"第一节课后，一只手忽然搭到了我的背上。我一激灵，心想："完蛋了！要挨揍了……"转头一看，果真是那个小霸王。"嘿！你比我想象中要强多了嘛！"他一跃坐到了我的边上，搂着我的肩膀，笑着称赞道："我认为昨天你还击得很出色！这太酷了！"我瞪大了眼睛，不敢相信自己的耳朵。"真的吗?"我舒了口气，转过身去调侃他，"你也比我想象中要重多了……"我们不约而同地挠了挠贴着创可贴的瘀伤手臂，相视而笑。于是很快，我们从兴趣爱好展开找到了许多共同话题，不出一天，昨天还扭打在一起的死对头竟勾肩搭背成了朋友。

自那天以后，我们经常一起玩《洛克人 X》电玩，一起学着画游戏人物……也许受我的影响吧，我惊喜地发现自从洛根和我做朋友后，他变得友善起来，至少我再也没有见到他欺负同学了。他还不断地将我介绍给他的好朋友们，让我的朋友圈一下子拓展了好几倍。有时我甚至会暗自庆幸，要不是我和洛根那天打了一架，我怎么会有那么多好哥们儿呢?

我们男孩用打架为自己谋取权益，表面上会被老师和家长认为是"坏孩子"的行为，通常会被立刻制止。实际上在某种程度上恰恰相反，在安全有保障的前提下，打架是一种快速建立联系的方式，同时它也是为自己的实力地位进行定位、提高判断力的有效工具。

再放眼世界，打架其实是一种非常普遍的行为，它不仅存在于人类的不同文化中，还存在于哺乳动物中。这种行为往往起始于幼年，影响着我们童年的玩耍方式。我们男孩和女孩不同的地方就在于——女孩更爱用语言社交，而我们则更倾向于通过竞争和对抗等活动社交。

这次奇特的交友经历让我意识到：至少在男性之间，身体的对抗是有一定价值的。回顾我的童年，我打过的架屈指可数，几乎每次都是以相互尊重而告终。也许是因为当外表友善的我反击时会让我的对手感到吃惊。但这就是重点——如果我选择蜷缩起来，任凭他人欺凌，然后像婴儿一样哇哇大哭，等待我的会是更多的诋毁和蹂躏。反之，那天我为我的权益挺身而出，即便实力悬殊，我展现出的勇气和锲而不舍的精神同样获得了尊重，并且我最终收获了小学阶段最棒的友谊。

高中时期，我曾有过几场比分咬得十分接近的摔跤比赛。我们在比赛结束后虽然精疲力竭，但是都友好地拥抱了对方。我的理解是，即便是两个相互憎恨的人，身体的对抗在很多情况下也可以解决问题——在实力悬殊的情况下，被战胜者心服口服；而两个势均力敌的人在一番搏斗后，最终双方可能会忘记所有困扰他们的问题和分歧。虽然有一些擦伤和瘀青，但是对于我们男

瑞德与洛根"不打不相识"

孩来说，这就是构建相互了解和尊重的快速通道。
在这样的基础上生根发芽的友谊，我相信是最纯
粹且最牢固的。

没想到，一个曼谷星级宾馆标间的厕所，对我们全家来讲好似发现了新大陆！

1999 年春节前夕，年味渐浓，我们一家三口踏上了去香港的飞机，这是我人生中第一次出境；几天后，又从香港登上了去曼谷的飞机，这又是我人生中第一次出国。对于那个年代工薪阶层的孩子来说，这并不平凡。当时我可能是我们小学里屈指可数的几个出国旅游的孩子之一。这也得益于我父母的好奇心——对外面的世界特别感兴趣。在他们的青年时期曾刮起过出国风潮，也许这种"不安分"的幼苗早早地就在他们心中萌发，只不过当时的中国家庭大多数没有这个条件而已。

到香港的第一天晚上，吃过自助餐，我们坐着大巴上太平山看夜景。车辆在山坡上一圈一圈地缓缓爬升，我坐在车窗边，不停用手擦着玻璃上的水汽，好奇地向外张望着。山下高楼鳞次栉比，靠近山的一带很多是高层居民楼，这在当时的大陆还不多见。这时导游在车前方拿起话筒问道："大家看看山下的这些公寓，四五十个平方一套，你们知道它们要多少钱吗？""50万！""60万！""70万！"大巴上大家踊跃地猜数。导游连连摇头："告诉你们吧，要100万港币哦……""哇！！！！"车里顿时炸开了锅。导游又补充道："由于房价高，一套小小的公寓里往往是三代同堂。"大家又是一片哗然。"100万？"我掰着手指愣愣地想，"1后面要加6个0哎！人一辈子能赚那么多钱吗？！"然后一幅一家六七口人挤在同一屋檐下的场景在我脑海中浮现出来，"真是不可思议！"我喃喃着，顿时觉得这个城市离我的生活实在是太遥远了。

　　从香港来到曼谷的当晚可能是我平生第一次住高档酒店，真的有点像刘姥姥进了大观园，感觉什么都是那么新奇、那么豪华——在此之前，我也经常随家人在国内旅游或是随母亲出差，自认为见多识广，但大多住的是当地的招待所，即便是住高档一点的宾馆，装潢和面积也远远赶不上这个档次。

　　走进曼谷这家酒店，清一色紫罗兰主题的软装在幽暗的灯光下显得如此妖媚，房间里弥漫着一股淡淡的花香，我还是第一次见到那么大的正方形床，金丝刺绣的被面上精致地摆放着饰品和花卉。房间的面积更是大得出奇，光是厕所就有当时我们家客厅那么大，厕所里不仅有巨大的半圆形按摩浴缸，还有冲淋房，浴缸边一溜摆放着各种我看不懂的洗浴用品……这些现在国内也许常见的配置，当时在我们眼里简直就像总统套间一样奢华！以至于一进房间，我们还以为前台小姐错给了我们更高规格的房间。正窃喜不已，到隔壁同一旅行团的阿姨那串门，才发现大家都是一样的"高端配置"。

后来几日，在曼谷辗转了几个酒店才发现，原来这样的酒店房间就是曼谷当时星级酒店的标准配置，只怪自己真是老土了！当时号称"亚洲四小虎"之一的泰国还真不是吹的，别的我不知道，至少旅游业的发达程度让我惊叹，这也从侧面反映出了我们当时和他们的某种差距。那次旅行对十岁的我来讲震撼很大——没想到，一个曼谷星级宾馆标间的厕所，对我们全家来讲好似发现了新大陆！

这次旅行像一扇窗户，我看到了境外美丽的风土人情；这次旅行更像一面镜子，我终于隐约在镜子里看到了20世纪90年代我们与外界的差距。我想，当旅程结束的时候我终于有了初步的答案。

走出"溺爱的洞穴"

母亲认为一个"善举"可以粉饰现实，让她的孩子不用承担失败的后果，可是孩子终究面对了更可怕的现实，背负了更沉重的心理负担。粗暴的挽救不仅没有让我躲避伤害，还无意中减弱了我从不幸与失败中学习的能力，使我在不自信和不爱社交的阴影中又度过了好几年。

20世纪90年代，美国的社会更加崇尚户外运动，不少电影和电视剧也都绕不开体育和户外的主题，这促使我们这一代的孩子更多地走出家去。我在看完电影《空手道小子》后曾经跃跃欲试，在参加了一段时间课后的空手道训练后，我又在家对面的教堂报名参加了当时非常火爆的"童子营"组织。

说起美国童子营，那是一个为青少年培养品格和增强生存能力的培训组织。它成立于1910年，自那时起，超过1亿的美国青少年参与了该组织，是美国最大的青少年组织。每周末，童子营就计划开展露营、水上运动、徒步旅行等，为我们灌输良好价值观，增强我们的户外求生技能。一开始，我学习了野外作业和户外生存的初级课程——各种打结方法和装备的运用。直到今天，我还在用当时学到的称人结、系木结、双半结、三套结和急救、生火、烧烤、钓鱼、支帐篷等技能。童子营还不定时举行艺术活动——做手工、做木工，设计和制作自己的木质小车，在坡道上滑行比赛……这些都让我乐此不疲。

但是转折点来了，为了筹集活动经费，并且培养孩子们人际交往和资金管理的能力，以及传递商业道德与创业精神，童子营开始举行售卖爆米花和零食的商业活动，这是我最不擅长也最不愿意参与的项目。记得一次周末，我被分配了推销巧克力棒的任务。可是当时我还是一个不善言辞，甚至有些羞涩的孩子。

我捧着一盒零食，挨家挨户上门推销，每一次按门铃或敲门前我都要深吸一口气来壮胆，因为我不知道会出现什么情况。"你好……我是瑞德。"我又深吸一口气："我……我代表我们的童子营小队在此售卖零食，来……来……来筹集活动经费……"也许是我不够自信，也许是我的介绍方法有问题，两个小时过去了，我只卖出了一条糖果。每一次的拒绝都是对我自信心的打击，每一次的粗暴应答都是对我心灵的伤害。眼看太阳就要下山了，当我试图敲最后一个街区的一扇住户门时，院子里传来狗吠声，我下意识的反应就是逃跑，可当我跑出院子回望时，一条棕黑色的西班牙猎犬正对着我在草坪上摇头摆尾。我平复了一下心情，觉得自己有些反应过度，正准备回去抚摸这条"友善"的大狗和它打招呼时，它居然一个冲刺向我扑来！那一刻，我只顾紧紧抱住我手中的货物，生怕它们撒出来被狗糟蹋。忽然，半边的屁股一阵钻心的疼痛！我的眼泪一下就迸出了眼眶。可怜的我一下跪倒在地，心中只念着要保护"公家的财产"，根本无暇顾及自己的屁股已被狗咬住。

我站起身来，不顾还有一个街区没有售卖，抱起盒子，心里只想着向家狂奔，可是屁股的疼痛和膝盖的擦伤让我无法行动自如。最后我只能狼狈地拖着一条腿，一瘸一拐地向家挪去。望着夕阳在我面前照出一条斜长的身影，身体的痛苦与心理的悲伤让这一路变得格外漫长……

回家后，母亲看到我的模样心疼不已，在检查完我的伤口无大碍后，安慰我说："别难过了，今天这整盒零食妈妈都帮你买下了！……明天你就拿着钱去给老师，告诉大家你都卖完了！大家一定都对你刮目相看！"说着母亲递给我一把钞票和硬币："这里零零整整的都有，这样看起来更像零售得来的吧？"

我趴在床上赌气，一言不发，在看到母亲将一堆零钱放在枕边后，眼泪终于不争气地涌出了眼眶——因为我知道自己失败了，而更不光彩的是我还要被逼着"撒谎"。

可惜的是，这就是我童子营经历的句点。因为在此之后，不知是不是老师发现了我在售卖零食中的"作弊行为"，我是团队里为数不多没有得到奖章的孩子。这种耻辱使我在颁章那一天起就决定永不再回到这个团体中来，之后也就永远地脱离了童子营的活动。原本一次不成功的售卖经历并不可怕，但是做贼心虚的我在团队中根本抬不起头来。母亲认为一个"善举"可以粉饰现实，让她的孩子不用承担失败的后果，可是孩子终究面对了更可怕的现实，背负了更沉重的心理负担。粗暴的挽救不仅没有让我躲避伤害，还无意中减弱了我从不幸与失败中学习的能力，使我在不自信和不爱社交的阴影中又度过了好几年。

哲学家柏拉图曾在他的著作《理想国》中描述了这样一个故事：一群囚犯从小就被锁在洞穴里不能动弹，只能看到身后的篝火勾勒出的他们投射在墙壁上的影子。所以对于他们来说，"现实"就是那些"投影"。忽然有一天，一个囚犯得以释放，他挣脱了锁链，费尽千辛万苦最终冲出洞穴，并第一次看到了太阳。强烈的阳光刺伤了他的双眼，但是在逐渐适应后，他看到了阳光下自己的投影，这时他才明白影子只是物体的投影，而不是"现实"。所以他决定帮助洞穴里的同伴一起逃跑。可惜的是，当他回到洞内将所见所闻描述给同伴们听时，同伴们不仅不相信，还认为他是痴人说梦。最后他的同伴们宁愿待在洞穴的黑暗中被自己的感觉和经验所迷惑，也不愿意去探索真实的世界。

柏拉图用洞穴寓言激励人们要敢于走出"洞穴"，走出自己的无知与舒适区，虽然这个过程可能会让你"灼伤双眼"，会让你感觉痛苦，但是你在适应后就能拥抱真理，得到进步，成为更好的人。

生活中，无知的孩子就像被锁在洞穴里的人，他们在家人的羽翼下成长，最初能得到的知识与经验都来自"山洞里的投影"——家人的灌输与教导。所以父母应该成为激励孩子离开舒适环境、勇敢走出洞穴的人。如果父母不忍看到孩子挣扎，溺爱地将孩子保护起来，不在他们跌倒时鼓励他们站起来继续尝试，那长年累月，孩子就会变成"蜷缩在黑暗中的人"止步不前。

多年后，我多么希望，童年的我能更早地走出"母亲溺爱的洞穴"。我多么希望母亲在看到我失败后能帮我改进我的社交方式，并坚定地告诉我："不用难过，从未犯过错误就从未尝试过任何新事物。所以我不关心你是否失败，我关心的是你是否满足于失败！"

也许，我的人生就能少走很多的弯路！

卖　报

今天的我回味起那天的社会实践活动，就像是品尝一杯加了糖的咖啡，既有复杂社会的苦，也有可爱家人的甜。

小学三年级的暑假，正是赤日炎炎的时候，当时的《家庭教育导报》编辑部为小学生举办了卖报的社会实践活动。

这是我的第一份工作，前一天晚上，心比天高的我在脑海中甚至想象着当天报纸供不应求的火爆场面，在床上激动得辗转反侧。

第二天一大早，四姨陪我来到活动地点，远远就看到一大帮孩子围着几顶编辑部在街边支起的帐篷叽叽喳喳。每人可以领30份报纸，一眨眼工夫，还没轮到我领取，当天的报纸已经被我前面的孩子全部领完了。而四下望去，领到报纸的小朋友早已没了人影，像一群小鸟般迅速向城市的各处飞去。看到我和剩下的一小部分孩子一脸失望，一个叔叔找出一叠往期报纸，塞给了我们每人30份。无可奈何接过这沉沉的往期报纸，我感觉浑身不自在。虽说这是份周报，时效性不强，但是我当时真的感到很尴尬，好像要去推销一堆过期商品。即便当时只有九岁，我也难以接受。

在一番思想斗争后，我决定前往不远处的武林广场一带——当时杭州最繁华的商业中心。"那里逛街的行人多，可能会好卖些吧？"我心里盘算着。

来到百货大楼边，面对大街上的人来人往，我突然发现事情远远比我想象的还要难，因为我感到嗓子眼像被堵了什么东西似的，是的，我变成了"哑巴"！

"吱……"知了在枝头烦躁不安地催促着我开口。我话还没憋出一句，脑门上已经沁出了汗珠。五分钟以后，我终于发出了蚊子叫一般轻的叫卖声："卖——卖，卖报嘞……"我胸口捧着那叠报纸，僵硬地伫立在百货大楼门口，有些人走过会瞥我一眼，那种眼神冷漠得让我浑身一抖，而大多数人则是从我面前匆匆而过，仿佛我就是透明人一般。

我忽然想起了儿童医院门口那些小乞丐，他们也是孩子，但是却能毫无顾忌地当街扯着嗓子乞讨："叔叔阿姨、爷爷奶奶……"这时的我居然佩服起他们来。

"哎，你真是文气，声音那么小……"四姨忽然从我后面出现，将我从思绪中拉了回来，"我看你还是路上逮住人一个个推销吧！"

我心怦怦直跳，本来还可以躲在百货大楼大门口借点空调的凉风，现在必须主动出击，到太阳底下去追人了。况且我长到这么大，还真没求过什么人，更别提死皮赖脸地推销过期报纸了，

西班牙猎犬猛追正在推销零食的瑞德（《走出"溺爱的洞穴"》）

小文子在街头卖报（《卖报》）

小文子与搭档主持红领巾广播（《"红领巾广播现在开始！"》）

大厨麦克烹饪的美食吸引来了合租室友（《从微波炉大厨到美食家》）

这怎么能让我不心虚呢？我开始焦虑地打量起路过的一个个行人，选择我的目标，一旦有慈眉善目的阿姨出现我都会离开阴凉处，主动迎上前去，一边走一边还在嘀咕着怎么介绍。但是不约而同地，那些人都像"避瘟神"一般绕开了，即便是带孩子的妈妈也是拉着孩子快步流星地离开，我最后竟连好好说句开场白的机会都没有。

　　我的自尊心大大受创，开始从商店大玻璃门的反光里打量起自己的穿着来。"早知道，今天应该穿得漂亮一点的……"我蹭蹭脚上那双有些发黄的白色体操鞋，懊恼地一屁股坐在台阶上，准备就这样放弃了。

　　忽然间，一个捧着一大杯刨冰、高中生模样的大姐姐出现在我面前："哎，你的报纸怎么卖？"这简直就像是天籁，我愣了一下："一，一元……"那姐姐塞给我五元钱，说道："不用找了。"我正在纳闷，为什么一个高中生会对《家庭教育导报》感兴趣，只见她拿过报纸，笑笑说："你这么小就出来卖报真不容易。"她一边看着报一边嚼着刨冰，很快就消失在人群中。我握着这五元钱不知所措，转身寻找四姨，准备向她炫耀。只见四姨坐在百货大楼门口正微笑着向我竖起大拇指。有了那个姐姐开门红的鼓励，我咕咕地喝了几口小水壶里的水，总算又有了动力。

　　可惜的是那一上午，我最终也只卖出了那一份报纸，而这次经历也给我上了一课，颠覆了我以前的自我认知。我永远不能忘记的是那天路人躲避我推销时投来的冷漠眼神，对于被一家子宠着的独生子女来说，它带给我的心理落差太大了。我终于尝到了真实世界的残酷无情，了解到并不是所有人生来就会对你笑脸相迎。当然，我也一直都不能忘记那个"救我于水火之中"的高中生姐姐，让我卖报的经历至少还有一些特别温暖的回忆。那张旧旧的五元钱也被我好好地放在书桌抽屉里珍藏了起来。

大约十年后的某一天，整理抽屉时偶然发现这张纸币，我便和母亲谈起那天的遭遇。母亲居然哈哈大笑："单靠你的本事啊，那天一张报纸都卖不出去！"她叹了口气，"你难道不觉得那个姐姐不让你找钱很奇怪吗？"

"不奇怪啊，她看上去就是想要帮助一个可怜的小妹妹嘛！"我还是想当然地说，觉得这个世界总是有人应该帮助我。

"你四姨告诉我，她趁你不注意的时候啊，偷偷在百货大楼门口给了那个高中生五元钱。"

"什么?!"我简直不敢相信，这一切竟是四姨为了安慰我导演的一出剧！

虽然，那个陌生大姐姐的人设瞬间崩塌，我感到有些失落，但摸着那张破口的五元钱，我的嘴角渐渐露出了不好意思的笑，因为我收获了一份迟到了十年才弄清的来自亲情的感动。

我猛然意识到，在我人生中也许有很多这样的时刻——家人为了保护我幼小的心灵而制造某些假象来哄我，让我的童年在天真烂漫中多延续了几年。今天的我回味起那天的社会实践活动，就像是品尝一杯加了糖的咖啡，既有复杂社会的苦，也有可爱家人的甜。

"白魔鬼"

回家的路上我相当沮丧，无论我怎样奔跑，耳边似乎还是能不断听到自己被叫"白魔鬼"的吼声，这种散播种族仇恨的聚会简直就是一场灾难。

加州洪堡地区居住着不少美国原住民，我们的高中有一年准备举办一场持续数天的美国原住民活动，大约有一百多名印第安同学一同聚集在学校对面的教堂里，举行讲座和餐会，旨在帮助这些印第安学生学习自己的历史并培养他们的民族荣誉感。

即便从母亲这边我继承了大约只有2%的印第安血统，她还是鼓励我积极参加。可笑的是，我第一天出现在活动现场时就感到了异样，因为我看上去明明是一个六英尺高、金色头发蓝色眼睛的白人，而且看上去是会场中唯一一个白人！我想不动声色地融入他们，所以故意选择了一个靠后的位子坐下，但是在一群黑色头发棕色皮肤的印第安人中间还是特别显眼。

活动开始了，首先是影片放映，大屏幕上出现了一幕幕白人对印第安人赖以生存的渔区过度捕捞的画面，紧接着影片讲的是白人修建堤坝影响了印第安人渔区的鱼类生存……短片总算放完了，我已经开始有些不舒服了，台上印第安老师又开始放映幻灯片，继续展示白人对环境过度开发的图片。私下里左顾右盼，我突然意识到，自己简直就像一个白人派来的间谍在窥视这场活动。我只好沉住气，期盼会有一个民族大团结的结尾。紧接着，老师又开始绘声绘色地讲述起白人对印第安人施加的各种迫害，这时候我隐约感到如芒刺背、如坐针毡。果然，前排的几个男生开始愤怒地喊着："白魔鬼！白魔鬼！"有些人转过身来瞟我，对我指指点点，我被大家发现了！更可怕的是，台上老师每说到一桩白人的"罪证"，台下的人都转过身来瞪我。我感觉自己如果再待下去，一定会被他们眼中喷出的愤怒的火焰所烤焦！即便我有他们的血统，但显然我得不到他们的认同！于是在众目睽睽之下，我突兀地站起身来，径直快步走出了教堂。

回家的路上我相当沮丧，无论我怎样奔跑，耳边似乎还是能不断听到自己被叫"白魔鬼"的吼声，这种散播种族仇恨的聚会简直就是一场灾难。

我第一次听说"种族主义"一词是在小学四年级的一堂音乐课上，当时我们小学的学生中只有两名非洲裔美国人，其中一名在我们班上，叫穆利斯。他在课上经常跳来跳去地讲笑话，造成班级后方秩序混乱，老师提醒了他几次，并警告他如果再不安静听课的话，他将会被强行送到教导处，这将造成比较严重的后果。可是穆利斯已经执意要跟老师对着干了，他继续不断地试探老师的忍受底线。最终，当穆利斯被老师请出教室时，他竟然对着老师开始大喊大叫："种族主义者！你就是一个种族主义者！"他的叫声响彻整个楼道，虽然班上的同学都知道穆利斯一向就是一个我行我素的捣蛋鬼，但是那一刻大家还是非常震惊。

真正的种族歧视是不公正公平地对待某一人种，或取笑和捉弄他们，或剥夺他们的某种待遇。但是那天发生的其实是某个人利用"种族主义"的虚名让别人产生罪恶感，从而达到自己某种目的的例子。这在美国几乎已经成为每天发生的事，以至于很难分辨出到底是虚假的种族歧视还是真实的种族歧视。

人们现在经常谈论的所谓的"种族歧视"现象，往往是某些人打着这个幌子在无事生非、煽风点火，想以此来使自己的利益最大化。少数"玻璃心"的人动不动就喊受到了"种族歧视"，有的是他们在学校表现不佳不能通过大众的考试，有的是他们不能胜任工作而被炒了鱿鱼，有的或许是他们不喜欢别人对他们提的意见或要求……仿佛只要他们被惹恼了，就可以一概归结为遭受歧视，即便很多情况下确实是他们表现不佳，甚至不能遵纪守法。

现实社会中，我们道德的天平总是向弱势人群或有色人种倾斜，所以只要涉及有人提出遭受"种族歧视"的，那被告人大多不会有什么好下场——有人为此失去工作和名誉，甚至入狱，就是因为他们的一些言论和行为被好事的公众和媒体抓了碴儿，有的案例真的非常牵强附会。

"红领巾广播现在开始!"

那欢快的节奏就像是演出前幕布拉开时一串急促的鼓点,而我就像是站在舞台中央等待聚光灯打到身上的演员。

小学五年级的一个下午,最后一节课后,在学校一楼的书法教室内,经过一番激烈的演讲和投票选举,从五、六年级大约十几个竞争对手中,我脱颖而出,成功当选为校内五个大队委员之一的大队宣传委员。从此我左手臂膀上的袖标光荣地由"两条杠"变成了"三条杠",我也肩负起了校内黑板报、红领巾广播站等各项宣传任务。

说来也巧,从小生长在报社大院的我,一直对媒体和报道颇感兴趣,特别是自己也比较热爱和擅长画画。我从小学低年级开始就一直担任班级里的中队宣传委员,所以每隔两周和其他同学一起出黑板报便是我的家常便饭。班主任通常会选定一个主题,或给我几篇文章,然后由我自由发挥。我非常感谢这段经历,它使我在一种被信任的鼓励下锻炼出了很好的组织和排版能力,当然,还有创造力和一定的领导能力。

　　所以成为大队宣传委员后，我的黑板报工作就变得非常顺手，无非就是从教室后墙的板报出到了学校大门口，黑板大了一倍，辛苦些而已。同时我也要开始面对我的新挑战，那就是为校广播站工作。我不仅要经常自己找资料，还要和另一位六年级的男生搭档，一起主持学校每周四的"红领巾广播"。这也意味着，我的很多课余精力必须奉献给集体——平日周一升旗仪式时，我要提前到学校为升国旗做准备；当同学们午饭后在教室休息时，我必须在校门口顶着烈日或是风雨出墙报；周四午饭后，我必须尽快赶到学校广播室对面的教师办公室，和我的搭档排练对词，然后在午休结束时为全校广播；下午体育课若是自由活动，我就要赶回校门口，继续为学校的黑板报上色抄字；放学后，如果黑板报还没出完，我还要继续工作；轮到我们班值日时，我就在校门口站岗……

　　还有一个比较棘手的问题就是，我一直是一个脸皮比较薄的孩子，非常不习惯在大庭广众下讲话。但是为了能够胜任广播站的工作，我不得不硬着头皮上。

　　还记得第一次主持红领巾广播，我由我的搭档带领，战战兢兢地来到校长室，这是我第一次见到广播站的庐山真面目。他让我在一张朝东面的桌子前坐下，面前是两座麦克风和播放卡带的录音机。听着校长和大队辅导员在办公室的另一头谈笑风生，似乎都没有注意到我俩的存在，我紧张的心情平复了一半。可是没一会儿，"铃铃铃"的上课铃声一响，整个欢腾的校园刹那间变得异常安静，我居然可以听到自己咚咚的心跳——我又开始紧张了起来。"嗒嗒嗒嗒嗒……"，特别是搭档开始播放红领巾广播前奏曲时，我全身的血液仿佛都沸腾了起来。那欢快的节奏就像是演出前幕布拉开时一串急促的鼓点，而我就像是站在舞台中央等待聚光灯打到身上的演员。

"……红领巾广播现——在——开——始！"我的搭档帮我开场，那声音嘹亮得——我敢打赌学校周围的居民区都可以听见，然后他得意地向我这边一扬头，示意轮到我出场了。我看到了他嘴角的一丝坏笑，抖抖索索地拿起文稿，开始僵硬地朗读起来，一张口，我居然能听见自己的声音从校园的四面八方传回来，着实吓了一跳。我可以感觉到自己的声音在颤抖，在这硕大的校园中回荡，被放大了无数倍，居然还有回音。虽然这篇文章我在午休时已经练习了好几遍，但是中间我还是磕巴了几次，每次失误都让我冷汗直冒。主持完毕，我像犯了大错一般鬼鬼祟祟地溜回了教室，本以为会有人来找碴儿，但是一天过去了，并没有人跟我提起任何关于广播的事。也许是自己太小题大做了？自此以后我信心倍增。

在红领巾广播台工作的日子里，除了老师规定播报的内容外，我和我的搭档还要自己寻找一些素材，以便在播报完规定内容后填充多余时间。这就给了我们很多发挥空间，寻找时事新闻、寓言故事、笑话、生活小妙招或是脑筋急转弯等，这也是我们最喜欢做的事情。经过数月的锻炼，我和我的搭档已经形成了很好的默契，拿到手的文稿我们只需要过一遍就可以了，掌握时间和节奏的能力更是一流。排练多余的时间我还可以拿作业到广播室做，或是聊聊天，一切变得非常游刃有余。

　　有时候回想起这段经历，我也会感叹，当时为了能够胜任大队宣传委员的职责，我不得不离开我的"舒适区"。我为学到更多技能付出了努力，更挑战了自我。而这些付出很快也得到了回报，使我在那么小的年纪就变成了一个独当一面的多面手，同时挑起相当于报社主编、编辑、美编，电台编辑、DJ等的一系列工作。这些经历也让我从小就勇于挑战、乐于担当，时刻准备迎接新的考验，让自己变成更好的自己。

从微波炉大厨到美食家

现代美国人平均每天准备食物所花的时间只有二十七分钟，这连 20 世纪中叶时每天准备食物所花的一半时间都不到——这样的变化一方面是因为妇女解放运动使得更多女性走上了工作岗位，而不再只是困守在家做饭；另一方面，不得不承认许多美国家庭的解体与离散也使得做饭的传统变得更难以维持。所以，我们这一代美国人的烹饪启蒙比以往任何时期都要缺失。

对于当今的美国人，"做饭"通常指的是拆开包装，将冷冻比萨放入烤箱，或将现成的意大利面放入微波炉中这样一个简单的动作。在当今忙碌的生活中抽出一大块时间，从未加工过的生鲜食材入手，准备一顿丰盛的饭菜，似乎变得非常奢侈。

我初次来到中国时，惊奇地发现中国人对"吃"不一样的态度：很多家庭几乎天天去农贸市场购买新鲜的食材用来烹饪，由于他们对新鲜食材的追求，以至于搬上餐桌前许多鱼类必须是现杀的，肉禽类则是当天屠宰的。这是我之前不敢想象的。所以起初我与中国丈母娘逛农贸市场，就像逛动物园或是水族馆一样新奇。

当我和妻子的家人一起围坐在餐桌前享用家中烹饪的餐点时，我特别能感受到一个家庭作为一个集体、一个团队的归属感与认同感。这种联结又每天两到三次像仪式一般默契地重复着，久而久之，一个家庭自然会变成一个更加强大的团体。

据我了解，现代美国人平均每天准备食物所花的时间只有二十七分钟，这连 20 世纪中叶时每天准备食物所花的一半时间都不到——这样的变化一方面是因为妇女解放运动使得更多女性走上了工作岗位，而不再只是困守在家做饭；另一方面，不得不承认许多美国家庭的解体与离散也使得做饭的传统变得更难以维持。所以，我们这一代美国人的烹饪启蒙比以往任何时期都要缺失。对于一周采购一次"过度加工"食品的美国人来说，我们的下一代，或是下下一代，或许真的会不知道食物原有的模样，以及它们是如何被获得的吧！

我在西雅图上学的时候，曾经和两个亚裔男生合租一套公寓。很显然，十几岁刚从家庭环境中出来的几个大男孩根本不知道怎么料理好自己的饮食起居，更别提自己动手烹饪了。所以一到傍晚就出现了一种奇观：虽然大家都在厨房忙碌，但是谁都不知道各自的晚餐是什么——那两个亚裔男生似乎特别拘谨，总是捧着热好的泡面或是外卖就一头扎进自己的房间；而我也只是从冰箱里挑出一袋冷冻食品放进微波炉加热了事。

一个学期后，公寓里搬来一个矮矮壮壮的男生麦克。一周过去，那些在房间里啃着方便食品的男生开始有些坐不住了——因为客厅里总是飘来一缕缕食物香气，而且每天都不同：周一是意大利海鲜面，周二是法式牛排，周三是墨西哥卷饼……

"真香啊！什么情况？"我咽着口水、撅着屁股从门缝里偷瞄，居然发现两位矜持的亚裔室友也都探出头来。不一会儿，我们仨都不知不觉地从房间里跑了出来。麦克正在摆盘，抬头惊见我们"猥琐"的眼神。

"大家一起来吧！"他侧身将餐盘向我们这边一推，豪迈地倒上玉米薯片招呼我们吃，又跑回灶台上忙活——左手在汤锅里搅动肉馅，右手在平底锅里摊饼，同时还在砧板上切着配菜……行云流水的动作让我们三个室友瞬间"石化"，害臊得恨不得立马将手中的一次性微波炉餐盘塞进垃圾桶。我不禁感叹：为什么同样是离开家庭来到新环境中的年轻人，麦克对"吃"依旧有一定的要求，而我们却可以一直敷衍了事？

那天我们第一次围坐在餐桌前边吃边聊。我想那晚我和我的亚裔室友说的话恐怕比之前半年加起来的都要多。这就是烹饪的魔力，一种能够将大家召集一堂、迅速建立沟通的魔力。

听着麦克的闲聊，我逐渐了解到，他对"吃"的讲究来自他的原生家庭，他有一位像大厨一般热爱烹饪的父亲，他父亲数十年如一日在家中做饭，言传身教，使得家中的孩子个个都成了美食家。羡慕之余，我也开始反思一些事，为什么这样"天天起火做饭"的美国家庭在我的周围越来越稀罕了呢？为什么那种印象中全家人围坐在餐桌前一起享用晚餐的经历在我的记忆中越来越模糊，以至于只在感恩节或是圣诞节时才偶尔上演呢？

　　对此，我请教了我周围的长辈。据我的姑父回忆，在他养育五个女儿的 20 世纪五六十年代，美国人更以家庭幸福为核心。社会上大部分女性都是家庭妇女，所以每天有大把时间花在选购原始食材以及为全家烹饪美食上。而且当时的家庭晚餐时间也被视为培养家人感情、与孩子们对话，以及传播文化和礼仪的重要机会。进餐时间曾经是一种正式的"仪式"，因为它意味着全家人围坐在餐桌前，心无旁骛地分享食物，共度一天中最美好的时光。而如今，电视、手机、平板电脑等电子产品的侵蚀，使得用餐时间失去了神圣的光环。

　　当然我们还看到，20 世纪五六十年代是电视机与电冰箱的拥有率在美国家庭中爆炸式增长的年代。这两样电器几乎在同一时代的普及似乎预示了一系列美食与娱乐需求的奇妙"化学反应"，诞生了后来改变美国人饮食习惯的跨时代发明——"电视晚餐"。这种只需从冰箱到烤箱，烤箱到电视机前，最后再到垃圾桶的发明，不仅缩短了准备食物的时间，而且连餐后收拾碗盘的时间都省去了。虽然这种带托盘的冷冻食品成了 20 世纪美国最伟大的方便食品，但是与这一发明一起成长起来的"美国婴儿潮一代"的父辈美国人似乎因此逐渐丧失了对烹饪的耐心与兴趣。在我童年的记忆中，父亲是地地道道的"微波炉大厨"——冷冻鸡肉卷、冷冻炒饭、冷冻比萨饼都是他的"拿手菜"。而母亲即便有时烹饪，也不过是煎蛋、煎热狗，或是做意大利面这种不需要过多时间与技巧的食物。而且，起码有一半时间我们都是分散在家中的各个地方进餐，而不是规规矩矩地端坐在餐桌前。

　　我相信美食是有感染力的。自从麦克加入以后，我们天天浸泡在大餐的香气中，再想偷懒加热个微波炉食品就变得特别别扭与难堪。于是我们四个室友最终达成一个协议——每周末一起到超市采购，然后三人轮值在麦克的指导下为大家准备晚餐。这是我人生的一个里程碑，而麦克就是我的烹饪启蒙老师。

　　"放轻松，想象你面对着的是画布，而不是一堆科学仪器。"当麦克看到我对着网上的菜谱，用量杯一勺一勺地向锅里放调料时，不禁摇起头来："烹饪是门艺术，你要的调料只是激情和爱……当你熟练后就可以平衡各种口味。"说着，他潇洒地翻动平底锅，随意地在锅里加料，这里倒一点蒜粒，那里撒一撮胡椒。接着他开始摆盘："而且你很快会发现，自己动手做饭吃的日子比不做饭的日子幸福感更强哦！因为在获取食物时付出的努力会增加你自身的价值感！"

　　果不其然，我在为大家做饭一周后开始意识到，烹饪带来的成就感居然会持续一整天，更不用提和周围人分享自己的"作品"时得到情感交流的快感。我要感谢我的室友麦克，他不仅是我的烹饪启蒙老师，还是让我拥有更加积极与健康生活态度的哲学导师。

　　如今我可以自豪地说，烹饪已经成了我的习惯，为家人与朋友准备餐食更是我生活的一大乐趣。我跨进厨房时总能想起多年前，西雅图公寓微黄的灯光下，锅里食物嗞嗞作响，被食物香味以及欢声笑语包围的美好夜晚，以及那个脚步轻盈得像芭蕾舞者跳跃、双手流畅得像钢琴家演奏般的微胖美食家。

少年宫

我想这就是尝试了无数种"兴趣可能"后的结果，让我从来不会左右彷徨和猜疑。

在我上学以前，母亲就开始带我去少年宫参加各式各样的培训班，有儿童画班、国画班、电子琴班，甚至还有小明星艺术班。那个年代，艺术培训班已经在国内风生水起。许多家庭又都是独生子女，对教育更是重视，所以周末带孩子上少年宫成了很多父母的选择。

四岁那年，我开始在儿童国画班学习。可怜我的老师，要给一群没啥行为能力的小不点儿们上课。课前家长们会一边哄着孩子一边将课堂上需要用到的一切画材都准备好，打好清水，铺上毛毡和宣纸，挤好颜料，为他们穿上围裙，然后千叮咛万嘱咐地舍不得离开。最后在小朋友们的一片啼哭声中，老师将家长驱赶到教室外的走廊里。但是绝大多数的家长仍然不放心，一个个扒着教室的窗户伸长脖子朝里张望。

"今天，老师要带小朋友们画小螃蟹。首先，我想请小朋友们回想一下小螃蟹是什么样子的……"年轻的女老师在讲台上微笑着刚把前两句话讲完，眉头就皱了起来——原来，有一股强烈的大便气味在教室里弥漫开来。在座的孩子纷纷捏住鼻子四下张望，终于锁定第二排那个一脸哭腔、不知所措的三岁男孩。这下可好，这个烟雾弹一下就乱了"军心"，把好不容易才搞好的课堂纪律又破坏了，本来就很难集中精力的孩子们根本就不在乎老师在讲什么。

在一片混乱中，一个妈妈破门而入，红着脸穿过课堂，一边念叨着"不好意思，不好意思"，一边拉着儿子从教室后门匆匆离开了，远远地还听到走廊上那个妈妈的责怪声和孩子的啼哭声……这样的"意外"在幼儿绘画班并不意外。一群屎尿都还不能控制的小毛孩就这样被领到少年宫上培训班了。

到了五六岁，我"兴趣广泛"的母亲又打算让我学琴。可是当时的筒子楼空间狭小，根本不可能塞下一架钢琴，于是相对小巧的电子琴就成了第一选择。

记得报名那天天还很冷，母亲拉着我一层一层地往少年宫楼上爬，穿过密密麻麻的教室，终于在房顶平台找到了电子琴房——这时我们才发现少年宫兴趣班已经火爆到在房顶平台上加盖房间来做教室了。跨进这间临时改建的狭长教室，长长的报名队伍一直从里间办公室排到了门口。老师一边帮我们填表，一边对孩子们说："来来来，都把手伸过来。"轮到我时，母亲帮我把厚厚的棉衣袖管卷上去，我羞涩地将冻红的小手伸过去。"嗯，这双手的手指还蛮长的。"老师指着我的手说，引得一群好奇的家长和孩子凑过来围观。得意忘形的我恍惚间都可以看到自己将来成为大音乐家在台上演奏的画面了。

回到家后，我干劲满满，打开电子琴的"自动演奏"键，在琴键上一顿乱摁，假装是在忘情地为大家"演奏"。特别是我时不时地"双手交叉弹"，把邻居小男孩唬得一愣一愣的，真以为我的琴技了得。

可惜好景不长，手指长归长，我其实对弹琴只有"新造茅坑三日香"的热度，之后每周去少年宫回琴成了我最大的痛苦。我貌似是一个特别有发散性思维的孩子，对那些一遍一遍枯燥的操练特别不能适应。但是每次去琴房的路上瞄到的儿童武术班让我兴奋不已，看着那些哥哥姐姐在铺着柔软地毯的教室里跳跃翻滚着，我居然摩拳擦掌、跃跃欲试。我父母考虑到女孩子学武术可以强身健体，还能防身，于是在我上小学二年级的时候为我报了名。

没想到自从我参加武术班的风声走漏后，我一下成了小学班上最受男孩子欢迎的人。一下课，就有男生围到我的课桌边向我讨教："教教我们怎么冲拳吧！""你看看我的马步扎得标准吗？"一时间，我好像具有抬抬手指就可以把他们弹飞的本领，就连其他班的男生也一个个对我敬重有加。

"原来有功夫的人是这种感受啊！"我心里窃笑着，"好吧，今天我就教你们最基本的——握拳！"才上了一节武术课的我已经开始在学校"开班"了。就课间十分钟时间，我居然收了五六个徒弟。我一边现学现卖地纠正几个男生的握拳姿势，一边焦虑着握拳以后就没东西教了。"铃铃铃……"正好上课铃声为我解了围，几个从别的班跑来的男生只得赶紧离开，一边跑一边还紧握拳头不舍得放下："我学会握拳了！我终于学会握拳了！"一路上高举拳头穿过人群，兴奋得像是双手揣着武林秘籍。

……

就这样，从幼儿园到小学，双休日我就不停地在少年宫摸爬滚打着，之后我又参加过奥数班、速写班、编程班、网络动画班、超级记忆班……尝试了各种各样五花八门的兴趣班以后，也最终找到了我真正的兴趣——画画。总算这么多年来的辛苦没有白费，虽然貌似浪费了不少时间，但是至少我知道了自己到底擅长什么、热爱什么，自己的极限在哪里，并最终坚定不移地向着美术这条道路走了下去。虽然途中我遇到了很多困难，但是我从来没有动摇过。我想这就是尝试了无数种"兴趣可能"后的结果，让我从来不会左右彷徨和猜疑。

"如果我当时没有选择美术……会不会更好一点？"感谢少年宫，感谢支持我发展兴趣爱好的父母，这样的可怕念头奇迹般地、从来都没有在我的脑海中闪现过。

活成喜欢
的模样

《龙珠》的人生课程

《龙珠》告诉我，如果你想要获得成功的欲望和你的求生欲一样，你就能做到！

我清晰地记得，十岁时的一个周六，早上5点，天还未亮，无缘无故从梦中醒来的我一边揉着眼睛，一边摇摇晃晃地来到电视机前，希望可以看一些周末卡通片。调台的时候我忽然发现一个频道正在播放一部我从未见过的动画片。它不仅画风与我以前看过的不同，而且剧情非常暴力，非常成人化。当时的我并不知道自己在看什么，但是却一下被吸引住了。往常，电视上播放的动画片因为面向儿童，大多尺度非常有限，一般都非常幼稚肤浅，似乎是因为凌晨孩子们还没有起床，电视台才会偷偷试播一些另类的动画片。可惜的是，那天直到动画播完了我都不知道它的名称，但是那种奇妙的经历令人难忘，于是我开始坚持早起，希望哪天还能遇上它。

直到我搬回父亲家，我才逐渐了解到自己当年凌晨偶遇的动画片是一部日本动作动画——《龙珠》。这是我第一次接触日本动漫，但它是如此令我着迷：当年我对《龙珠》的热情也促使我父亲在山上安装了卫星电视；每天傍晚 4 点到 5 点都是我雷打不动的"龙珠时间"；有时我因为来不及赶回家，会厚着脸皮就近到盖伊姑妈家追剧，一待就是一个小时。《龙珠》不仅让我获得了快乐，还带给了我振奋和鼓舞，至今为止，它仍然是我认为的最能启发人们斗志的动漫。

在身心都快速成长的少年时代，《龙珠》改变了我的生活，因为我开始想要成为一个不仅是身体上，而且是精神上的强者。从某种意义上来说，这部剧给了我人生的方向和追求的目标。

在剧中，世界总是等待被英雄拯救，总是有难以置信的问题需要主人公处理。在一次又一次想方设法地超越自己极限的过程中，主人公丰富的内心世界和激烈的心理斗争被淋漓尽致地展现在荧屏上；剧中也从来不会避讳角色残酷的命运甚至死亡，这些写实的细节描写仿佛是日本动漫的独特之处。更重要的是，当时我早看腻了拥有永久完美形象的美国英雄，而《龙珠》中的男二号贝吉塔却由不完美的反面人物登场，但是在剧中经过时间的洗礼，放下自己的宏伟梦想，最终成为一位好丈夫、好父亲。他让我有更强的认同感和代入感，毕竟这个世界上大多数人是不完美的，而且最终都会被社会磨去棱角，这种有生命曲线波动的角色是当时绝大多数美国动画片所不具备的。

当我在高中加入橄榄球队和摔跤队后，我将家中的车库布置出一片健身区域，不仅将四周的墙面贴满了悟空和贝吉塔的海报，还将不用的电视机悬挂在车库一角，长时间循环播放我儿时用录像带录制的《龙珠》动画片。在每天大汗淋漓的举重训练中，《龙珠》讲述的精神对我来说变得更有实践意义——因为当我以为自己耗尽体能想要放弃时，我总能想到剧中的情节：在武道会上主角自愿穿着数百斤重的衣服和对手决斗；在增压到100倍地球重力的太空飞船里刻苦训练；在室外一天室内一年、空气稀薄的时间屋里修炼……这些为自己加码、疯狂的训练方法激励着银幕前的我不断地超越极限。它们教会我，就是在这些艰难的时刻，我神秘的内在潜力正在被真正释放！

　　虽然说《龙珠》"只是一部卡通片"，但是它对我的意义远不止于此。当我缺少鼓励时，无论生活有多么糟糕，竞争有多么残酷，比赛有多么困难，《龙珠》告诉我，如果你想要获得成功的欲望和你的求生欲一样，你就能做到！

压抑青春的热血幻想

直至今天，当《灌篮高手》的主题曲响起时，我还是会起一身鸡皮疙瘩。

初中一节体育课的自由活动时间，天气是灰冷的。我和闺蜜一边无精打采地望着操场上那些带球的男生，一边瑟缩着坐在操场边聊天。闺蜜不禁感叹道："唉，不知不觉，我们都快要十六岁了，好可悲呀！"我也多愁善感道："人生中最美好的年代即将过去了，可是好像什么精彩的事都没有发生哎？"

当时的我们，从校园的高墙里望出去，能看到的，是为生计奔波的路人们；从教室的门窗望进去，能看到的，是为学业劳累的同学们。坐在教室里，抬头，能看到的，是黑底白字的板书；低头，能看到的，是白底黑字的试卷……感觉一切都是那么平凡普通。

只有从动画片里看到的，才是五彩缤纷的生活，是热血沸腾的青春！而最让我们这些学生有代入感的，当属当时的日本动漫。

学习之余，小文子
在抽屉里偷看漫画

从我们这一代人记事起，日本动漫就已经很流行了。从穿开裆裤开始，我就开始学《铁臂阿童木》的主角比画动作，之后就开始学唱《聪明的一休》《机器猫小叮当（哆啦A梦）》的主题歌曲……由于文化相近，很多片子让我们这些中国孩子观看起来毫无违和感，所以，上学前我都不清楚它们是从邻国进口的。

上小学后，女生们忙着追逐《美少女战士》，男生们则为《龙珠》而疯狂。一下课，追逐打闹间都在玩着日本动画的角色扮演游戏。一时间，学校外的一排小店也争相挂出了《龙珠》的文具、书皮，以及《美少女战士》的海报与贴纸。

可惜的是，当时父母对我看电视管控得非常

严格，整个小学阶段，想要每集不落地追剧几乎成了奢望。到了高年级，当动漫《灌篮高手》风靡全国时，有一集没一集看剧的我，为了不被同学们看不起，攒了一点小钱就都投到漫画小店和书报摊上了。好多个晚上，为了防止被父母发现，那种将漫画书压在好几叠作业本下，或是藏在书桌抽屉里偷看时紧张得心怦怦跳的感觉，现在都还依稀记得。我甚至觉得自己仿佛窥视着同龄人人生的另一种精彩的可能——故事中那些十六七岁的少年有自己的梦想，有自己的个性，当然，有着比我们多得多的自由，可以投身他们热爱的篮球运动。虽然没有相同的经历，但是相似的年龄和心境让我仿佛在作品中看到了自己，看到了身边的同学。作者井上雄彦对少年心理的刻画细致入微、丝丝入扣，故事中每个角色的性格都是那么迥异、那么鲜活，他们对篮球的执着和热情，让我这个从来没接触过篮球的小女生都热血沸腾。激情、奋斗、梦想，甚至是伤痛、低谷与迷茫……关于青春年少一切的一切都被作者诠释得淋漓尽致。《灌篮高手》不仅让男生爱上打篮球，让女生更关注篮球运动，它还让一代人都看到，青春是用来挥洒汗水和泪水去追逐目标的。直至今天，当《灌篮高手》的主题曲响起时，我还是会起一身鸡皮疙瘩。

上初中后，日本推理漫画《名侦探柯南》被引入中国。一时间，"侦探""推理"成为校园中最炫酷的名词。无一例外地，这部动漫的主角又是以高中生为主，是一个日复一日地帮助大众解决案件的英雄一样的人物。在佩服主角的才学和勇气的同时，我更羡慕的是他精彩纷呈、可以大展拳脚的人生。他们的生活里不仅有校园生活，似乎生活的重心更多的是偏向业余爱好。回头再看看自己的生活，既没有剧中学生充裕的课外时间，也没有跌宕起伏的故事，更别提青涩美好的校园恋情了。

在现实家庭生活中——早上还没睁眼，我已经听见父母在客厅里播放着英语课文的磁带；送我上学路上，他们还在督促我背诵课文，时不时抽查问题；傍晚吃饭的时候，父母就开始盘问当天在学校里发生的各种事情，包括测验结果和老师的要求；晚上关灯了，他们还在耳边唠叨，"现在闭眼了，眼前想象一下今天学的内容，脑海中再过一遍"。不要说没有人生自由，就连片刻放飞思想的自由好像都没有，如果可以，家长们恨不得跑到我们的梦里，督促我们继续做题……在我的初中校园里，不论男生女生，一律必须剪齐耳短发，穿统一发放的宽松运动装校服——彻彻底底地将我们的个性抹去、创意抹去、外貌淡化，甚至是性别淡化。

于是，那些以精彩中学生活为题材的日本动漫，使我们这一代中国孩子大开眼界，这种心理落差感就催生了文章开头的"荒诞"对话。那天，最终伴着体育课下课的铃声，闺蜜转过身来，郑重其事地握住我的双手，说："不能拥有精彩的花季雨季，但我们可以一起走向今后更美好的年华呀！"

"更美好的年华?"我叹了口气。想着下节课就是阶段测验，我站起身，从口袋里掏出一张单词卡片，一边往教室走一边看着，嘟囔道，"会有比现在更美好的年华吗?"

那么多年过去了，我不敢说我经历了更美好的年华，但是当时的对话让我现在想起来还是会哑然失笑，颇有点"少年不识愁滋味，为赋新词强说愁"的味道。伴随着热血幻想的压抑少年时期，我想，谁都会有遗憾的。至于那些日本动漫，我想我还是会一如既往地爱它们，因为它们不仅在少年时代给了我们激情与幻想，它们还将是我们这一代人永久的少年印记。

我的高中

这段经历使我有信心去面对生活中的任何状况。它让我坚信，只要坚持，就可以做到！

2001 年，我在阿卡塔高中开始了一年级的学习。开学第一周，我决定和我的父亲以及他的朋友查理一起去观看阿卡塔高中的橄榄球比赛。父亲和查理都半开玩笑似的打赌我不敢加入橄榄球队，因为那时的我还很柔弱，很书呆子气，是一个沉迷画画和电子游戏的孩子。尽管当时我几乎每年都会打棒球，但是，橄榄球是一种截然不同的运动——它是一项全接触运动，需要很强的体力和韧性。虽然我知道自己没有那么强壮，但在父亲的激将下，我决定努力尝试并证明自己可以做到。

那场比赛结束后，我到球场上找到教练并战战兢兢地提出了我的入队申请，没想到他当场就答应了，对我的唯一要求是坚持每次参加他们的集训。就这样，我光荣地成为球队的一员。但显然，正当我洋洋得意时，根本没有为即将发生的"摧残"做好准备。高一第一学期的体育课我才接触到了举重训练，在此之前我根本没有跨入过健身房。集训第一天，我就被彻底摧残了。队里的每个人都比我更强壮、更敏捷，一到球场上我就付出了惨烈的代价。我被队员们狠狠地撞击，飞出几英尺，四脚朝天地摔在地上，在泥泞的草地里被人拖拽，痛苦得令人难以置信，但我还是一次又一次地站起来。

　　球队中开始有人嘲笑我，并赌我熬不过第一天的集训。但是我没有放弃，咬牙坚持了三个小时，直到当天的训练结束。我被摔打得惨不忍睹，几乎无法行走，回到家我疲惫得倒头就睡，第二天就因生了一场病而没有上学。正当队员们都认为我退出了球队时，第三天，在大家诧异的目光注视下，我又回到了球场上。是的，我没有放弃，我永远都在那里。

　　加入球队的第一年，我只参加了一场比赛。在这个竞争激烈的环境中，我根本没有机会，所以为了赶上我的队友，我开始了疯狂的力量训练。每天早上 5 点 30 分，我在家中举重；体育课我在学校举重；睡前我还在家中举重……虽然我尽了最大的努力，但在那个橄榄球赛季结束时，我仍然和我的队友有一定差距。但是渐渐地，我开始单纯地对举重训练痴迷起来。

　　季末最后一次集训结束时，一名陌生的男子走到了我们的球队中间，他自我介绍是执教阿卡塔高中摔跤队二十五年的教练博特。"孩子们，练习摔跤是为明年的橄榄球赛季取得更好状态的好方法，"他开始动员我们加入他的摔跤队，"而且，我们有州冠军计划。所以，如果加入我们，你们将加入伟大！"——我喜欢这种声音！所以我毫不犹豫地选择了加入。

在摔跤比赛中，瑞德成功钳制住了
学校最优秀的橄榄球队员麦克尔

　　原本，我以为橄榄球很难，但是我远远低估了
摔跤这项运动。因为尝试了摔跤，我才知道没有最
难只有更难！摔跤是我做过的最难的事情。而且，
没有什么比摔跤更能教会一个人要为自己负责了。
与橄榄球不同，摔跤的成败只取决于我一个人。摔
跤是与另一名想要扳倒你的人一对一的搏斗，我很
艰苦地学到了这一点。

　　摔跤的第一次练习也像橄榄球集训一样马上
击垮了我。首先，从放学到摔跤练习之前，教练
给了我们一个小时的时间用来长跑。起初，这样
长时间的跑步训练对我来说非常困难，由于耐力
不好，几乎无法完成。然后，当我们长跑回来后，
我们被要求在华氏近一百度的炎热房间内大汗淋

漓地练习。一上来，我就必须与比我大两三岁并且已经训练多年的高年级生展开搏斗。几个月来，我输掉了所有的练习比赛。尽管我付出了 100% 的努力，严格按照要求健康饮食，并做了教练要求我们做的所有事情，但是，直到我第一个摔跤赛季的最后一场比赛，我仍然输掉了每一场比赛。这就是摔跤的艰辛，它告诉了我，尽管我已经全力以赴，但我仍然有可能不能达到预期目标，所以我必须继续加倍努力。

于是，在一次次丢脸的失败后，我都再一次顽强地站起来，投入新的挑战。最终，来到了当年最后一轮锦标赛的最后一场比赛，这个对手我已经交锋过三次，虽然回回都被他打败，但他曾是我比分咬得最近的人。与以往不同的是，这次我太想打败他了。我暗下决心，无论付出多少代价、多大努力，我都要赢下这场比赛！在这场比赛的最后阶段，我的比分还很靠后——5 分比

10 分，可是时间却只剩下最后的 10 秒钟。我终于发飙了，三次连续将他压制到擂台上，使我获得三个 3 分，最后实现了惊天大逆转的比分反超！

那是我第一次赢得摔跤比赛的胜利，也是在付出了那么多的汗水后才等到的一次胜利，但我终于证明了，我真的可以做到！在那之后虽然进入了赛事淡季，但我回到爸爸的林场，开始了比其他人更加刻苦的训练。每天学校集训结束后，我会举重五小时，在山路上来来回回跑好几英里，并负重一百磅冲刺到山顶。

值得一提的是，那年生日，家人为我准备了最棒的生日礼物——由州长施瓦辛格亲笔签名的《施瓦辛格健身全书》。我如获至宝，将签了名的书封存起来，并另外购买了一本一样的，像对待《圣经》一样每天研读，拼命练习，直到书的内页纷纷掉落。

在橄榄球赛季再次开始的时候，我以前所未有的力量和速度重新回到了球场上。我比几乎所有的人都更强壮，移动更敏捷，让大家耳目一新。我所有的努力终于得到了回报——所有的苦难、失败、挣扎、艰苦的锻炼以及不断的进取，都为我证明了这一切，我终于获得了一些成就感。

这是我的高二，也是我眼中最辉煌的一年。因为我在这么短的时间内从零变成了英雄，从书呆子变成了强壮得可以击败比我高几届对手的"肌肉男"。那一年我也学到了别的东西，那就是，即便我让自己变得更加强壮和敏捷，也有人能够凭借更丰

练琴的小文子（《少年宫》）

练习画画的小文子（《少年宫》）

瑞德变身"赛亚人"（《〈龙珠〉的人生课程》）

小文子在被窝里挑灯夜战（《烙印》）

2003 年，瑞德（后排左三）所在摔跤队合影

富的经验和更高超的技术将我打败。我意识到了自己的不足，虽然我在高一的一整年已经取得了不小的进步，但是在这个庞大的竞争体系内，我只是将自己培养成了一个竞争者，离冠军还差得很远。我发现冠军级别的橄榄球运动员和摔跤手不仅体格强壮，有赢得比赛的动力，而且在运动上也有过人的天赋。我的力量是客观存在的，但是如果没有出色的技术和顽强的毅力，力量就无济于事。我意识到必须加紧学习技巧，重新学习如何赢得比赛。

渐渐地，当我得到教练的重用后，我也承受了前所未有的压力。我发现输掉比赛时会感到更加失望，因为我敬重的教练可以看到我本应该发挥出的潜力。在某种程度上，当我默默无闻时，失败并不那么可怕；但当我代表校队出征失败后，失望的不仅是我自己，还有教练和队友们，因为整个团队都期盼着我的胜利。所以那一年，我也学会了调整自己在高压下的心态。

同年，我的表现达到了我个人的顶峰——我在有二十几个学校数百人参加的麦卡灵威尔摔跤锦标赛高中组中斩获了个人第三名。这块来之不易的铜牌至今还挂在我书房内的显要位置。在高三的赛季中，我并没有在大型的个人赛中出尽风头，但是在两队对战的比赛中，我几乎为我们校队赢得了每一场比赛。

至于橄榄球，尽管我最终没有成为球队的灵魂人物，但我的总体表现还算不错。我们的球队成为阿卡塔高中三十年来成绩最好的一支，我为我和我的队友们感到自豪。

回顾我这一段高中历史，我在体育训练和比赛中学到了无与伦比的宝贵人生课程。它提高了我的自信心，磨炼了我的意志，培养了我的团队精神。总而言之，这段经历使我有信心去面对生活中的任何状况。它让我坚信，只要坚持，就可以做到！

烙 印

高中给我人生烙下的，不仅有知识，还有我性格和习惯的养成。这所学校给我打下的烙印使我在漫长的人生道路上永久受益。

中午午休醒来，有些恍惚。"还好是个梦。"我喃喃着。这已经不是我第一次梦到自己考试做不出题了。我起身一边叠着被子，一边开始回忆自己的"黑暗"历史。

16 岁，我开始了集体生活。高二我转学到上海一所排名靠前、面向全国招生的寄宿制重点高中学习。这意味着，我不仅要适应教材的变化，要开始学着独立生活，还要学会和全国各地的新朋友打交道。

刚开学，我就发现了一个奇特的现象。这所学校的老师上课不唠叨，课后居然不布置作业，也不指定教辅书，而且学校社团活动极为丰富。长那么大，上了十年学，还是头一回碰到这么"舒服"的学校。所以开学的第一个月，我参加了电影欣赏社团、书画社团……我还在为没有作业而暗自窃喜，多次周末回杭州呼朋引伴想找老同学聚会，可是都因为他们作业繁重做不完而碰壁，只得悻悻作罢。正当我还在享受着没有作业的舒适新生活时，期中大考马上给了我一记闷棍。这下我才意识到，不布置作业不等于课后不用学习；并且搞清楚了：老师讲的内容永远比课本上的多，而考试的内容永远比老师在课堂上讲的多！我原来在杭州上的学校只是让学生养成被动填鸭式学习的习惯，似乎做完作业就万事大吉了，但是对自己到底学没学会、学没学透根本不在意，在我当时的意识中，这些似乎都是老师的责任。很显然，这不是一种对自己负责的态度。想到这我后背发凉，是的，我第一次领悟到，我应该对自己的学习乃至人生负起责任来。

我发现，新的学校提倡学生自主钻研，虽然没有作业，但这种风气使得学生课后自觉学习的时间反而大大延长，与此同时竞争也愈发激烈：每天清晨五六点天还没大亮，我就被寝室外走廊里朗朗的背书声吵醒；课间休息，我在为做完了教材附带的练习而沾沾自喜时，我的同桌已经抱出一叠自己买的课外辅导书钻研起来；晚自习回寝室后熄灯了，怕宿管阿姨查房，大家还躲在被窝里打着手电筒看书；周末我在放飞自我的时候，同寝室的同学个个都到教室里看书到晚上9点多才回来，并且还抱怨她们的自控能力不够，在寝室不能集中精力学习……

这种除了吃饭睡觉以外无时无刻不在自觉学习的状态，让我一下接受不了，而且越来越感到透不过气来。在巨大的环境变化和压力下，我开始暴饮暴食。特别是在寝室学习的时候，我的书边总是堆满了牛肉干、猪肉脯、笋干、青豆、奶片等各色零食，书桌上的凉白开也被替换成了 1 升装的全脂奶——也许这是对高强度学习的最大心理安慰。于是高二后我开始了增肥之旅，并被同学戏称为"世界上最忙的嘴"。高三时一些同学搬出去住后，我就占用了她们的橱柜，将零食塞满了寝室里我能找到的所有抽屉。两年中，我的体重从一百斤飙升至一百二十几斤，妈妈说，每回见我都要鼓起一番勇气。

记得一次校长在全校讲话中自豪地说："我们学校走出去的学生，无论到了哪所大学，到了哪个工作岗位上，都是那里最优秀的。因为我们学生持续学习的能力是最棒的！"这段话在我离开高中后开始有了深刻体会，因为高中给我人生烙下的，不仅有知识，还有我性格和习惯的养成。哪怕在这段由被动到主动学习的习惯养成中，我很挣扎，也很痛苦。而且毕业后的很多年，甚至到了海外，我还时常梦到自己在考试时做不出题的窘境。但是我还是非常感谢这段"不堪回首"的经历——它让我每时每刻都感受到竞争压力，磨砺了我的意志，并让我养成了终身学习的习惯。即便高中学习的具体知识现在已经大部分还给了学校，但是这所学校给我打下的烙印使我在漫长的人生道路上永久受益。

辩论文化

　　在我成长的道路上，我时刻感受到一种激烈的"辩论文化"——它是整个西方文化的一种趋势，尤其是在美国，它有着悠久的历史以及深厚和广泛的根系。

　　"远远地，我们看到那硕大的、犹如核弹爆炸后腾起的蘑菇云，以40公里的时速向我们滚滚涌来，世界瞬间变成了遮天蔽日的橘红色，地面温度瞬间接近40摄氏度……我们就像经历世界末日一般恐惧……"记得在上大学的时候，我们曾经有过一段时间的演讲课。在学期的最后，一位来自澳大利亚的女生演讲的题目为《保护植被刻不容缓》，她用自己的亲身经历，开场就为大家描述了一个极为恐怖的沙尘暴景象。在她的叙述中，澳大利亚土地沙漠化的程度令人担忧：20世纪初期，矿业的蓬勃发展使得森林砍伐严重；农民将大片的草原与森林变成耕田，打破了生态平衡，加速了水土流失；牧民的过度放牧使得草场退化……她的亲身经历打动了在座的许多同学甚至老师。虽说加利福尼亚也算得上是干旱地区，但是这么大规模的沙尘暴，在场的我们谁都没有见到过。这种景象不仅让大家倒吸一口凉气，也将大家纷纷带入了灾难片的场景。在现实生活中，这个激进的环保主义女孩居然为了不使用汽车，天天坚持花九十分钟骑车上下学，所以她演讲最后喊出的口号也相当激进："为了我们的森林植被，我们应该关停所有林场！"

然而无巧不成书，接下来我准备的演讲题目为《美国伐木业的前世今生》。我并不是反对保护森林，但是从小生长在全美林业一度最兴旺发达的地区，更不用提我家中的一些前辈还曾经投身于这个行业，耳闻目染乃至亲眼所见的都是第一手信息。我在婴儿车里时就看到家人在山上为了种植杉树与红杉树而奔忙，童年就一直听到当地为了防止过度开采而对制度的改进所做出的努力。所以我向大家介绍现代林业的一些科学的操作方法："你们听说过'砍一棵补十棵'的行业原则吗？我要在这里为我们的林业说话，因为只要有合理的规划，适度开采森林是可以持续的！而且砍伐后规范地种植树木，因为有合理的疏密，还可以防止森林火灾的蔓延。"

不出意外地，我的演讲如同掉入沸腾油锅里的一滴水，立刻溅起一大片油花："你说的这些规则根本赶不上地球植被退化的速度！""你们这些贪婪的人！""我们的地球就因为你们而走向毁灭！"……我们的演讲瞬间升级为了一场全班针对"世界森林资源开发与保护"的针尖对麦芒的激烈辩论。

在我成长的道路上，我时刻感受到一种激烈的"辩论文化"——它是整个西方文化的一种趋势，尤其是在美国，它有着悠久的历史以及深厚和广泛的根系。美国的文化围绕着科学、历史、逻辑，以及包括怜悯心的感性展开，其实这些都是现代社会文明的原则，而围绕这些原则的辩论一直在我们的社会中回响，我就在这样的环境中浸泡长大。

我的辩论思维的培养最早可以追溯到小学，当时我们被鼓励对身边的事物展开自由探讨，老师甚至不会打压任何观点，意在保护言论自由和不扼杀任何孩子的天性。到了大学后，我们有了演讲课，但是我们却生生地将它上成了辩论课。也许我是这种教育的受益者——它不仅让我在辩论的过程中寻找解决问题的方法，锻炼我用不同的角度去审视事物，而且帮助我增强语言表达能力与自信心，当然，更激发了我的创新思维。当年的我有时为了证明自己的观点，回家暗地里拼命做功课，在书店、图书馆或是网上收集资料的同时，还会向自己的长辈讨教问题。这也是我开始对历史、哲学感兴趣的一大原因。而且，在搜集论据的过程中，我无形间还提升了自主学习的能力。

审视我的整个知识体系，我往往会惊叹地发现，在辩论过程中学到的知识是历久弥新甚至终生难忘的。试问有多少课本中的知识能够像经过自己反复推敲、在辩论中反复引用后得出的理论那样记忆深刻？我可以毫不夸张地说，大部分我还能记住许多细节的历史事件并不是在学校书本里学到的，而是在"辩论文化"的推动下，通过"自主研究性学习"完成的。

记得一次我和同学在辩论时，被对方的一句"等你看过××写的那本书再来和我辩论吧"给硬生生地怼了回去，对方以为他可以用我的知识短板来"一招制敌"，其实我从根本上就怀疑他自己是否看完了那本书。但是为了能够在辩论中击败对手，找出他论据的漏洞，我废寝忘食，仅用一周时间，就啃完了那本生涩的厚书，并对书中观点不能支撑他的论点做出了自己的归纳。当我再次站在那个同学面前陈述自己的观点时，我可以看到他诧异与躲闪的眼神，最终我赢得了辩论的胜利。虽然我并不认为他完全放弃了自己的观点，但是他至少被我为了赢而去读一本学术著作的执着与魄力所折服。所以，试问又有何种办法能够让人瞬间拥有如此强的求知欲，与如此高效的学习能力？

从小我们就被一种理念影响，那就是"不同声音的自由流动"是十分重要的。虽然很多观点相互冲突，但是经过大家千锤百炼般的辩论，真理与伟大的思想很有可能就此诞生。从本质上讲，这种通过不断推敲逻辑、做事准则和真理的方式，促进了人类社会的进步。历史上，不安现状，打破常规，努力寻找新的出路，是推动人类文明前进的动力之一。这也是为什么美国能走在创新和科技的前沿，并且建立了譬如像硅谷这样的高新地区。

但是万物皆有它的另一面，我们在享受着信息和言论自由流动所带来的积极作用的同时，也正在遭受它副作用的腐蚀。近年来，我越来越感受到，在这种教育理念的长期推动下，美国人的行为似乎也正在走向极端，很多美国人显然已经习惯用对抗的心态来看待事物与人群。以至于到了现阶段，不少人都相信——辩论是探讨问题的最佳方式；反对是完成任何事情的最佳方式；特别是到了现在自媒体时代，最极端的报道、最严厉的批评与最激烈的争吵发言成了信息传播的最佳方式。是的，我们在滥用我们这个国家的社会制度，这个"言论自由"的社会制度。我们的社会如此自由，却如此癫狂。当今的信息社会，任何人只要愿意，他的言论就可以被其他人看到并被居心叵测的人利用与散播，甚至是歪曲地散播。无论是出于自身利益还是政治目的，一些"有毒"的思想能够很快地在社会上造成影响，甚至产生一批拥护者。更可悲的是，许多人已经深陷泥潭，不可自拔。时至今日，已经演变到反对规范制度、质疑权威、背叛科学甚至挑战常识的地步。数以百万计的人正在陷入一种疯狂的意识状态，固执到无论如何都不承认自己的错误或失败。他们往往宁可蒙上眼睛，继续在歧路上走下去，尽管他们自己都可以看到远处并没有路可走，但是那些人依然一意孤行地希望社会的天平有一天会向他们倾斜，让他们闯出一条"光明大道"来。

　　在我接受的"辩论文化"的教育中，直到我的高中阶段，我还是会被鼓励和教导在不给对方造成伤害的情况下解决分歧，最终得出双方都比较满意的建设性意见。然而当今的美国社会，"输赢"似乎成了最重要的目的，这种"非黑即白"的游戏规则其实一开始就已经违背了"言论自由"的核心。那些为了赢得争论而恨不得将对手的发言渠道掐灭，比如拉黑账号等各种手段已经屡见不鲜。为了壮大自己的声援团，甚至到了如果你是黑人，你就必须拥护任何黑人同胞提出的观点，你是女人你就必须拥护所有女权主义者提出的观点的地步……无论它们有多离谱，否则你就会受到诽谤和人身攻击。在这样运作下的"辩论"往往不能解决问题，而是创造更多问题。人们似乎忘记了怎样用科学的手段去论证一个观点，他们开始互相谩骂，把让持有不同观点的人受到惩罚作为终极目的。最终，这些所谓的辩论就退化成了像一群猴子相互扔粪便那般幼稚、原始而又滑稽的混乱互斗。

　　我并不是刻意去批判那些现今质疑固有社会秩序与科学理论的人，但我想善意地提醒那些人，他们质疑的对象许多已经存在于社会中成百上千年，它们能够成为今天的权威学说、公共秩序或是道德准则，都是时间沉淀下来的，绝大多数是经得起推敲的。

　　也许今天社会的"疯狂辩论"也是一种"矫枉过正"，它们在每个历史时期都存在着，只是在当今的信息社会中，公众可以更方便地参与各种争论，它们被刻意放大了。许多不明全部真相的人的摇旗呐喊，加之好事媒体的煽风点火，使得整个社会变得乌烟瘴气。是的，西方社会似乎在吃自己的恶果——我们的社会就像一台塞满了垃圾、运转极慢甚至死机的电脑，因为很多决策必须在辩论甚至争吵中完成，有时甚至掉入寸步难行的死循环中。但是，我们却仍然无法摈弃这种"辩论文化"，因为在这条漆黑的路上，它像路两侧的隆起的砖石，我们也许会走得歪七扭八，但是它大概率能够保证我们不误入歧途。

做火箭送自己上天

幼年的我拥有的闪着智慧灵光的思考能力和创造能力，如今都去哪儿了呢？

初中的时候，通过聊天软件 Skype 我认识了一个来自爱尔兰都柏林的同龄人，杰森。当时我的英语口语不是很好，杰森非常耐心地用一种和小朋友对话般超慢的语速和我聊天，在我听不懂时还没等我发问，他就已经觉察到并且用最简单的英语词汇跟我解释。我们兴趣相投，通常一聊就是一两个小时。那时上网还不是很方便，后来杰森干脆就买了电话卡给我定期打国际长途，这个"传统"一直保留到了高中。为了锻炼自己的口语，我暗地里给自己加码，趁着假期买来《世界名人演讲》的磁带和配书学习。

终于有一天，啃下几篇演说的我迫不及待地想要向他炫耀这几个月来的英语学习成果："President Clinton, distinguished guests and my fellow citizens, the peaceful transfer of authority is rare in history, yet common in our country. With a simple oath, we affirm old traditions and make new beginnings..."

"打断一下，你在背的是什么？是小布什总统的讲话吗？"还没等我把开场的一段复述完，我就冷不丁地被杰森打断了。

"是啊，这都被你发现啦！"我得意洋洋地继续往下背诵："As I begin, I thank President Clinton for his service to our nation..."

"为什么？为什么要背诵他的演说？！"杰森忽然用一种我从未听过的语气再次打断我，愤怒中带着冷笑，让人不寒而栗。气氛瞬间变得尴尬，我看不到他的表情，却可以感受到他试图在控制自己的怒火。听筒那边沉寂了大约五秒："拜托，请你不要再背诵了。"

"对不起，这是我们这里热销的课外英语读物上的……"

"你是小布什的狂热追随者吗？"

我想了想："不是啊。他是现在的美国总统，当今世界最有名的人之一，所以我才想背诵他的讲话……"我忽然觉得自己的嗓子被堵住了，因为我这才意识到除了背诵演讲稿，我对这位总统了解甚少。

"他是名人就是你背诵他讲话的最大理由？你难道不知道他是一个什么样的人吗？！"

我哑口无言，除了羞愧还有些委屈。

"用一个比较极端的比喻，如果你学习德语，你是不是就应该去背诵希特勒的演说？"接着，杰森开始用连珠炮式的方式吐槽起小布什发动伊拉克战争等种种"罪行"，说完后，他便草草和我道别，结束了对话。

　　"嘟……嘟……嘟……"剩下这头的我还握着听筒，独自一人坐着发呆，很久。不仅因为忽然被一个好朋友挂了电话伤心，还因为我想到了更多。

　　我确实将小布什就职演说的前几段都啃下来了，但是他到底讲了什么？讲得到底对不对？和历史有无违和？和时事政治有什么关联？对这个世界的影响是什么？扪心自问，我惊讶地发现自己一无所知——因为书里没有"正确答案"。在我的学习中，只有逐字逐句的翻译，全然不顾整段的思想与通篇的意义。我一遍一遍地播着磁带，一味地追求发音的标准，沉浸在这一遍复述比上一遍更流利的自我陶醉中……这和一个无脑的复读机有什么区别？

　　那天的杰森像是在我身上浇了桶冷水，让患有"大头症"的我忽然看清楚自己的处境。

　　在我从小接受的教育中，我从来没有从课本中抽身出来，回望一下所学知识的来龙去脉，也从来不会用辩证的思维探讨什么根本性的问题。即便很小的时候有这样那样天马行空的猜想，上学后却再也没有在大庭广众之下见过光，因为我怕周围人的嘲笑与批评。我宁可接受人云亦云的知识观点，也不愿意去辩驳，更不用说拿实际行动去验证了。我感觉自己幼年创新能力的那一点点微弱的光无不被"拿来主义"的教条熄灭了。其实现在回想起来，我很小的时候还是有独立思考能力的……

　　我在上幼儿园的时候，有一阵子特别痴迷1986年版的《西游记》，暑假天天在外婆家追剧，而我也成了孙悟空的忠实粉丝。

于是，我开始琢磨怎样才能变成自己的偶像。数周后，我居然心生妙计——赖床！于是，每天早上无论家人怎么催促，我抱着娃娃在床上左翻右滚就是不起来。直到母亲发火了，将我的毛巾毯子一把抽走，我才可怜巴巴地坐起身来，嘴里嘟囔着："我都已经这么懒了，怎么……怎么还没有变成猴子呀？"原来，刚刚从儿童读物里看到"人是从人猿进化而来"知识的我已经在独立思考，并付诸实践了。这下逗得母亲哈哈大笑："小小年纪居然懂得逆向思维了啊！"

幼年的我时不时就能冒出有思辨意味的"金句"，看小蚂蚁搬家，我就会自言自语："小蚂蚁那么小，看我们就像个巨人，那一定也有巨人在天上看着我们……"幼年的我拥有的闪着智慧灵光的思考能力和创造能力，如今都去哪儿了呢？

多年后我在大洋彼岸看到的一群人，给了我启发。因为他们中的很多人让我看到了敢想、敢说、敢创新的童年，家庭与社会的教育并没有让他们丢弃本真，他们将这样的思维状态一直保持到了成年，甚至老年。

到美国之初，我观察到西方的一种特殊现象，即一批在我看来相当"愚蠢"又相当"自信"的人，他们从不掩饰自己的"无知"，非常响亮地说出自己坚持的观点，即便这种观点与大众舆论相左，甚至有点"反智"。近些年来，网络给了他们最好的平台，有些人趁机大放厥词：对"911"事件的真伪发出质疑；对"进化论"发出质疑；对"地球是否是球形的"发出质疑……然后就引起了大规模网络辩论，之后甚至有人成立了"地球扁平说"的团体，且越来越多的人出来力挺，其中不乏 NBA 的球星与好莱坞影星。起初我和大多数人一样，对此嗤之以鼻，认为这种问题可笑到都不值得拿到台面上讨论，简直是一种"精神疾病"。但是，当他们的声音越来越大，成为一种日益增长的阴谋论时，我不得不坐下来听听他们到底是怎么想的。他们坚信，政府和权威机构为了掩盖真实地球的形态，虚构出了宇宙模型。所以我们看到的图片和视频都是为掩人耳目而创造的，宇航员的证词也都是有预谋的欺骗手段……这些言论简直就是毁三观啊。

但是我后来发现，"地球扁平说"的个人与团体开始设计各种各样的实验：有的用红外线光在水面上方射出几英里远的超长射线，观察它是否一直在水面上同一个高度，来判断地球表面是否真的存在曲率；有的甚至为了飞上天空亲眼观察地球形态，在自家车库里制造火箭将自己送上了天。

看着这一则则"愚蠢"的新闻，我哑然失笑。于是抱着看笑话的心态，我点开了制造火箭的大叔迈克尔·休斯的视频。画面中，随着"嗖"的一声，年过花甲的老人在沙漠中将自己像导弹一样发射向了天空，望着他极速远去的白色烟雾，一千英尺、两千英尺……我笑着笑着居然不知不觉地流下了眼泪，因为没有人知道他是否能平安回来。就在那一刻，我发现自己根本没有资格嘲笑他们，因为他们中有人居然在用自己的生命去捍卫一种宝贵的东西，那是"对真理孜孜不倦的探求"。用斯特里普的一句不朽的名言来概括："这些时刻，让生命变得有价值。"

而我自认为的许多真理，当年不就是因为有人秉承这种精神才被发现的吗？望着视频中被抬进救护车里的火箭大叔，我想起了无数历史先贤，想起他们无人理解也要逆着风振臂高呼，也想到胡适曾说过的"大胆假设，小心求证"，我终于不得不再次审视自己。所以，无论是都柏林的男孩杰森，还是发送自己上天的加州大叔休斯，且不论他们脚下坚持的土地是什么，我看到了一种人生启迪——

最可怕的不是没有思想，而是根本没有意识到自己没有思想。最可笑的不是有着批判思维、质疑真理的人，而是捧着"嗟来之食"，人云亦云，却不知其所以云的人。

从"垃圾男"到"男神"

　　局面发生了一百八十度的大转变——我从被所有女生拒绝的"垃圾男"变成了许多女生倒追的"男神"。可是，我的下意识反应居然是：拒绝她们每一个人。

　　记得很小的时候，当我和家人一起看电视，遇见男女主角亲热的画面时，母亲就会对孩子们喊："快跑啊！孩子们，快！"所以对我来说，虽然男女关系有些神秘，家长对我们遮遮掩掩，但是在我的成长过程中，我还是感受到来自社会的压力——男孩应该尽早和女孩交往。在传统观念中，如果男孩还没有和女孩交往过，那他将不会被视作真正的男人。所以我和很多美国的男孩一样有着焦虑，我们都想尽早地在女孩面前显得更有魅力，获得更多女孩的关注和爱慕。即便在小学，我也会因为没有和女孩约会过而感到深深的羞愧。

　　在我三十多年的人生经历中，美国的文化似乎出现了明显的断层。在我幼年的教育中，我受到美国旧文化的影响，那就是基督教的传统和保守，它强调孩子在谈恋爱之前应该先专注于学业

这是瑞德自认为身材最好的照片之一，也正是从那时开始，周围的一些女生不仅开始注意他，而且开始变得疯狂……

和事业，然后在结婚以后才能发生关系。这是建立在艰苦奋斗的西方文化基础上的，这种保守的价值观已经被我们的祖先实践了数千年。然而，我也明显感受到了一种与传统基督教教义相左的现代文化。这种文化只关心"即刻满足"，在不考虑后果的情况下做选择。它侵蚀了现代美国人的价值观，让美国的传统变得面目全非，这也体现在很多现代人的婚恋观上。这样的反差会如何影响到我的成长？我感到迷茫——现代社会让我觉得如果我没有女朋友，我就是个失败者，但是传统的价值观又在撕扯着我，让我意识到，如果我过早地有了女朋友，可能会给我今后的前途和家庭带来很大困扰。

有一个时期，我忽然发现我的同班同学马克有了"女朋友"，而且他和那个女生在一起时总是那么快乐和幸福，并且他们的关系维系了好几年，这让我十分羡慕。后来，我周围有"女朋友"的哥们儿越来越多，这更是让我感到着急。于是，我也壮着胆子尝试间接向我喜欢的一个女生"表达爱意"。可是出乎意料的是，我等来的不是她，而是她的一个朋友跑来，对我恶狠狠地说了一番让我痛苦了好几年的话："你这种'垃圾男'也想和我朋友约会？我警告你，你最好离她远一点！"在那以后，我又陆续尝试了几次，都以被残忍拒绝而告终。

早年尝试约会的失败对一个男孩来说是毁灭性的，我开始变得多愁善感和自卑，以至于在中学阶段，我会尽量避开和女生接触，孤僻地"蜷缩"起来，避免再让任何女生伤害。不过相对于那些整天忙着约会的哥们儿，这也让我比他们有更多精力和时间投入运动场，专心于我热爱的健身和摔跤运动。况且我的家人也希望我能够将精力更多地投入学习和课余活动。

高中两年下来，通过不懈的刻苦锻炼，书呆子气的我渐渐在运动场上崭露头角，身体也变得强壮而有魅力。不仅是身材上的改变，还有气质和气场上的不同。讽刺的是，那些一直围着女生团团转的男生并没有多大进步。而我，在专注于自我发展的过程中，不知不觉地，已经吸引了一众女孩的注意。运动场外女生开始为我疯狂尖叫，平时课间时不时地想和我发生身体接触。一次，一个不认识的啦啦队的女生在休息间隙，趁我坐下喝水时，竟然一下跳坐到我的膝盖上，搂住我的脖子和我"套近乎"……

局面发生了一百八十度的大转变——我从被所有女生拒绝的"垃圾男"变成了许多女生倒追的"男神"。可是，我的下意识反应居然是：拒绝她们每一个人。也许，是我保守的基督教家庭传统在起作用，又或许，是早年的心理阴影造成的仇恨还在吧？因为那曾是她们对待我的方式，她们过分的热情让我感到非常反感，想到所有女生对我曾经如此冷漠甚至恶语相向，我只能更远地和她们保持距离。

当我跨入大学校门后，我将我的注意力转移到了绘画上，虽然感性告诉我需要找一个伴侣，但是理性告诉我要一门心思地扑在学业上，不去想别的问题。这时，我的家人开始意识到我有心理障碍，我的父亲为我担忧起来，他认为我试图回避和女性接触的程度已经上升为一种比较严重的心理疾病，所以强烈建议我开始约会。又好笑又可气的是，他怕我受到挫折，会愈发不愿意接触女性，甚至提出，可以先接触一些肥胖但是脾气好的女生……

　　于是在家人的压力下，我终于在二十二岁摆脱了心理包袱，开始约会。我知道这对于即便是基督徒的美国人来说也是非常晚的年龄，但是我并不认为这错过了什么。相反，在约会不到五年的时间里，我就找到了我心仪的结婚对象。但是再看看我身边的很多朋友，他们从小学开始约会，至今二十余载，还是在不断地分手和寻找新的伴侣的恶性循环中。我相信，这既是我的运气，也是保守家庭的价值观帮助我避开了早年不应该做的事，让我专注于努力成为更好的自己。最终，我才能吸引更优秀的伴侣，收获更美满的情感生活。

想想当时的世界，互联网还没有那么普及，大家都想踮起脚尖，好奇地通过这扇小窗向外面的世界张望，在中国是这样的，在日本也是如此。

20世纪90年代末，刮起了一阵网络聊天室的旋风，在那个还是BP机点对点传递短信息的年代，这种不暴露身份多人聊天的模式既新奇又有趣，立刻就在世界各地蹿红。这种无关性别、无关年龄、无关身份与背景，只想找倾诉对象，分享平凡生活的模式，就是聊天室刚开始最单纯与可爱的模样了。回看现在各种垃圾广告、诈骗信息漫天飞的网络平台，让我们这代与互联网共同成长起来的人怎么能不怀念那个青涩的年代？

初一的时候，我在英语学习网站Englishtown的页面右上角也发现了一个聊天室入口，里面没有像门户网站那样将聊天室精细分类，世界各地想要学习英语的人都可以在上面练习英语会话。由于大家都不用自己的母语聊天，所以聊天内容无非就是最基本的自我介绍。我从最开始一言不发地"偷窥"聊天内容，到两天后第一次发言，紧张地看着自己打出的"Hi!"从页面的底端一行一行地向上蹦，那种期待着被陌生人搭话又害怕和外国人交流的矛盾心理左右互搏着，看着我打的字默默消失在一大片一大片的对话中，我居然还松了口气。虽然害羞扭捏，但是我面前像是打开了一扇新世界的大门，每天晚上写完作业到睡前的半小时，我都要抓紧时间挂上网和"外面的世界"沟通一番。很多时候，我都是在父母的催促中，一边刷牙一边打字，那种"学习英语"的劲头看着都让人感动。

某一晚就在我要下线时，一个和我聊了才五分钟的日本女孩突然问我要邮寄地址，惊喜之余我有些措手不及，电脑桌下正泡着脚的盆都差点儿被我踢翻。我手忙脚乱地让父母帮忙翻译了家庭住址发过去，屏幕上马上蹦出一行字："我会给你写信的。"然后她没有留下其他任何联系方式，就在聊天室里消失了。

"那个日本女孩真的会给陌生人写信吗？寄到那么远的地方不会很贵吧？她为什么要这样做呢？"对于刚认识的网友，我本不应该抱太大希望，但是她的那种神秘感和给我的承诺，让我每天都在焦虑中期盼着。大约两周后一个阴雨绵绵的下午，我家邮箱里忽然出现了一封来自日本和歌山县的航空信。掂着沉甸甸的信封，抚摸着信封上漂亮的邮票，我几乎喜极而泣。原来这个世界还是有奇迹存在的！

打开信封，香气扑鼻的信纸、五彩斑斓的千纸鹤和新奇可爱的大头贴映入眼帘，我感受到了日本女孩的友好和热情——她叫侑希，一个比我大一级的日本中学生，留着一头齐耳短发，小小

漂洋过海的千纸鹤，见证了小文子
与侑希纯粹的友情

的眼睛，白皙的皮肤，精灵古怪得像一个假小子。
信中说，结交笔友互相通信在日本十分流行，所
以我就被很幸运地锁定了。想想当时的世界，互
联网还没有那么普及，大家都想踮起脚尖，好奇
地通过这扇小窗向外面的世界张望，在中国是这
样的，在日本也是如此。

　　在接下来的书信中，我随着她的相片和叙述
走遍了日本很多地方：她和姐姐盛装游览东京迪
士尼乐园，与闺蜜脸上涂满油彩在韩日世界杯现
场加油呐喊……就这样，初中阶段我和侑希一直
保持着密切的书信来往，我一直坚信着总有一天
我将和她见面，并且成为生活中真正的闺蜜。

　　直至有一天，从她的信中我了解到她高中即

将出国留学，由于住址经常变动，我们决定在网上用 MSN 和电子邮件交流。虽然有一段时间我们交流得似乎愈发频繁了，但是内容也变得琐碎和肤浅，再也没有几周一次提起笔时的庄重感，和好多话积压在心里想要倾泻在纸上的冲动，再也没有冲洗相片和为对方挑选小礼品的仪式感。

忽然间，一切都变味了：从前那种寄出信件后的浪漫幻想和对回信的焦急等待烟消云散，只要点点鼠标我们就可以天天对话。没有了可以抚摸到的信纸和笔迹，没有了可以夹在书桌台板下的相片和明信片——便捷廉价的沟通方式居然冲淡了一切，我们的友情也从此变得寡淡。

后来临近中考，学业压力的加重迫使我好几个月都无法再摸到电脑。再后来，窗栏上侑希用彩纸叠的纸鹤渐渐褪去了颜色，浮尘也慢慢爬上了它们的翅膀。再后来，我们就没有了后来。

　　每当有风吹过，千纸鹤依旧在风中优雅地旋转着，奋力地舞蹈着，不时勾起我绵绵的思绪与想象。

　　几年前，出于好奇，我在社交平台脸书上查找到了侑希，头像中她怀抱着一个婴儿笑得很甜，但是已为人母、化着浓妆的她对我来说是那么陌生和遥远。看着"添加好友"的按钮，我有一丝伤感。童年的我们，车马很慢，书信很远，但我们亲密无间；现在的我们，只有一个按钮的距离，却不知怎么的，再也抬不起手给对方发一句问候了。

难忘的

时代印记

千年虫

"这与肯尼迪总统在20世纪60年代提出的十年内将人送上月球的挑战一样重要!"

"如果我告诉你,我可以预测未来的某一刻,停电停水,飞机坠落,核弹爆炸,我们熟知的社会分崩离析……你会是什么反应?"1996年,在还有四年就要跨千禧年的时候,我注意到电视和报刊上不断有这样可怕的报道。危言耸听的末日预言一直在耳边嗡嗡作响,这就是"千年虫"危机。

今天的我们生活在一个充斥着恐怖主义威胁的世界,但当我还是个小学生的时候,媒体对"千年虫"一直处于歇斯底里的状态。这样的担忧并非没有根据:将编程和数据存储中的年份缩写为两位数的常见做法引发了一场危机,因为很明显,从1999年到2000年将使2000年在许多系统中被读为1900年。

随着时间继续向千禧年推进,不少以"千年虫"为题材的动画与电影也开始充斥荧屏,各种夸张的渲染让美国社会更加恐惧。有人真的为"末日"的到来做起了准备,我同班同学中就

有家长在家中的车库里大量囤积物资：像小山一样高的桶装水，
排满了一面墙的罐头食品，数台可以应急的柴油发动机。街上
的书店甚至还悬挂出这样的新书广告："现在为千年虫准备还不
迟——求生完全手册。"还有人生怕取款机到时会瘫痪而将所有
存款都提前取了出来……

　　当然，我们也看到了政府与社会各界积极备战"千年虫"的
态势。"这是一项复杂的任务，需要我们所有人共同努力，每个
政府机构、每所大学、每家医院、每家大大小小的企业"，克林
顿总统在美国国家科学院对听众说，他呼吁政府首先"整顿我
们政府自己的房子"。随后在他的国情咨文演讲中，孩子们听到
了兴奋的消息：总统先生将斥资 20 亿美元在 2000 年以前为每所
学校的每间教室都安装新电脑，并设定了计算机教室的目标。这
种既可以对抗千年虫，又可以"让孩子们的未来触手可及"的工
程得到了大家的一致支持。副总统戈尔甚至称赞说："这与肯尼
迪总统在 20 世纪 60 年代提出的十年内将人送上月球的挑战一样
重要！"

　　1998 年学校刚开学，当我从校车上下来时，就好像哈利波
特第一次来到了霍格沃茨魔法学校，我和我的同学们简直不敢相
信自己的眼睛，眼前我们曾经熟悉的校园彻底变了模样——等校
车的广场架起了防雨棚，大门口新添了安保室，教学楼外墙全部
安装了现代化的玻璃幕墙。走进校园，走廊上的储存柜换成了新
的，球场的新木地板闪闪发光，就连阶梯座椅也被重新漆过。经
过电脑教室，我们发现原来古旧的 MAC2 电脑都已经齐刷刷地

被升级为最先进的微软 WIN98 电脑。

"任何只用香槟和焰火来迎接新年的人都有可能在元旦早上宿醉。"美国政府也在此后不断敦促各大机构集中精力解决迫在眉睫的"千年虫"问题。

1999 年的最后一天，母亲带着我们到她闺蜜戴安家一起跨年。怀着忐忑不安的心情，所有人都摩拳擦掌地围坐在电视机前，密切关注着世界各个时区、不同国家跨年的实况转播。"10，9，8，7，6……"随着一次又一次新年钟声的敲响，除了个别商户与机构，"千年虫"并没有击垮我们的社会，世界末日也没有来临。

这是新千年的第一个挑战，我们赢得非常漂亮。而且设备更新换代后的学校与机构也在此后的发展中长远受益。所以我怀念比尔·克林顿的年代，虽然他算不上一个完美的总统，但是作为学生，谁会不喜欢一个把改善教育作为政府基石的总统呢？

瑞德与同学辩论得口沫横飞（《辩论文化》）

火箭狂人用自制火箭将自己送上天（《做火箭送自己上天》）

"千年虫"危机（《千年虫》）

玩《俄罗斯方块》的小文子（《小霸王》）

　　四岁都不到的我自然是听得云里雾里，更加不会明白自己身处的社会正在经历里程碑式的历史变革，邓小平爷爷当年的南方谈话神奇地大大解放了人们的思想，就连在大学教书的父亲都对摆摊儿这事表现出了极大兴趣。

　　1992 年的一天下午，还在睡午觉的母女俩被一阵"哐哐"的踢门声惊醒。

　　"谁啊？那么粗鲁！"母亲急忙下床，一边抱怨一边向门口跑去。

　　打开门，走廊昏暗的灯光下，只见一个汗流浃背的男人一手一个大包，全身还五花大绑地挂着好几个旅行袋，俨然一个跑单帮的小贩，吓得我直往母亲身后躲。

　　"你们看我，根本没有空手拿钥匙开门！"他一边调侃一边大步流星地走进了屋。这时我才意识到，这是出差的父亲回来了。

　　只见他一进家门，将身上的行李统统卸下后，顾不上喝口水，就像打了鸡血般兴奋地拉开所有包的拉链："来看看，来看看！幸亏我这次多带了几个旅行袋哈！"

"天哪，你为什么要买那么多？！花了不少钱吧？"母亲左手扒拉着装有数百支牙刷的旅行袋，右手扒拉着装有数百副耳机的塑料袋。

"哎，不多不多，"父亲摆摆手，更得意了，"我买这么多都是批发价。像那些耳机，只要一元钱一副！你说这世界上除了义乌，哪里还有这么好这么便宜的批发市场？！"

"爸爸！这些都是买给我的吗？"我拉开扔在房间角落里的一个旅行袋，欣喜地捧出数以千计的印花气球，红的、绿的、蓝的，五颜六色。

"别乱动啊，爸爸是要去卖这些东西的！"父亲一把按住我在气球堆里划拉的小手，开始一本正经地娓娓道来："我们的邓爷爷让我们搞市场经济，所以爸爸的单位就鼓励大家都尝试下海做生意。这次单位组织我们教研室去义乌小商品市场就是去学习的。"

四岁都不到的我自然是听得云里雾里，更加不会明白自己身处的社会正在经历里程碑式的历史变革，邓小平爷爷当年的南方谈话神奇地大大解放了人们的思想，就连在大学教书的父亲都对摆摊儿这事表现出了极大兴趣。"你看这么多耳机，如果我们两元钱卖出的话，是不是就可以赚几百元钱了？"我只得愣愣地望着父亲手舞足蹈地和母亲围着那好几袋子小商品，做了一个晚上的发财梦。

小文子在玩摆摊儿的"过家家"游戏

　　之后的一周为了彩排，每天晚饭过后，父亲就煞有介事地在家里电视机前的一小块地板上铺开一块布"练摊"。我在一旁也忙前忙后帮着摆放货品，还不时扮演买家与父亲讨价还价，这种新的"过家家"游戏自然特别讨小朋友喜欢。

　　邓爷爷南方谈话后不久，全国就刮起了强劲的"下海潮"，当时一大批体制内的员工都开始利用晚间时间从事"第二职业"——在夜市摆摊。有些城市为了响应号召，还开办了"职工夜市"。虽然当中有小部分干得好的干脆辞掉了"铁饭碗"，最后开了公司，但是当时大多数国人对市场经济的认识毕竟还是粗浅的，能够想到的就只有"摆摊儿"。

　　直到多年后的一天，我忽然在壁橱里发现几大袋气球和耳机，才忽然想起："哇，怎么还有这么多存货啊，当年老爸到底有没有去摆摊呢？"

　　"你们班级搞活动不是要小礼品吗？就拿这些去好了。"父亲显然也吓了一跳，但是仍在一旁故作轻松地说。

　　可是当我打开袋子时才发现，这些气球和耳机早就因为老化而粘在一起，全部报废了。最终，父亲学习市场经济的"学习资料"连一次"出摊"的机会都没有，就被统统丢进了垃圾桶。可见一些体制内的职工终究因为安逸的工作和相对稳定的收入，在"下海"的滩涂上一直徘徊观望，凑了个热闹。最终，热情与理想就随着大潮的退去而消失殆尽。

电玩的黄金时代

　　作为一个男孩，我简直不能想象自己还能生长在哪个比 20 世纪 90 年代更好的时代。

　　像身边大多数男孩一样，我从小就对电玩着迷，也深受科幻片的影响。我的想象力因此开始变得天马行空。我会经常想象自己与使用激光枪和喷气背包的恐龙，以及带有战斗斧头的巨型青蛙人激战。当我入睡时，我总会做令人难以置信的梦。比如一天晚上，我被恐龙追赶，就在我要被吃掉之前，我变成了一个强大的战士并击败了它们；第二天晚上，我会去地底世界拯救我的兄弟，后来来到一个闻所未闻的邪恶地方，遇到一群可怕的怪物，最后逃离；又一个晚上，我可能会和海盗激烈战斗……总而言之，我一直都做着很有想象力的梦，这些梦激发了我对科幻和幻想类娱乐的热爱。这种热情激励我后来成为一名专业的娱乐艺术家。

　　直至今天，我仍然是一个电玩迷。父亲是第一个把我领进电玩世界的人。在我还是个幼儿的时候，他向我介绍了他年轻时玩

瑞德与表兄一同打电玩

过的 Atari 和 Commodor 64 视频游戏系统。然后我就有了自己第一台游戏机——任天堂，当时它才上市不久，看上去像是令人难以置信的顶级科技。我可以连续玩上好几个小时的第一代《超级马力欧兄弟》和《猎鸭》游戏而不知疲倦。

到了 1991 年，随着超级任天堂和世嘉创世纪游戏机进入我的生活，我感受到了电玩文化的蓬勃兴起，这对于我们这一代来说简直太幸福了。虽然新游戏机仍然只是 2D 视频游戏，但是它们比第一代的任天堂要更加丰富和强大。它们有着更精美的画面，并以全新的方式推进故事的发展。更重要的是，它们可以保存游戏进度，使得中断或是输掉游戏后不用重新开始，这项划时代的改进让游戏体验好了很多。

整个 20 世纪 90 年代，世嘉公司和任天堂公司的竞争都十分激烈，我对它们俩同样喜爱：任天堂有马力欧和洛克人系列，而世嘉有刺猬索尼克系列。这些标志性人物形象影响了我最早的审美，我对它们的热爱也激励了我这个小男孩对绘画的兴趣。我会不停地画洛克人、马力欧和索尼克，不厌其烦，直至我把他们画到像为止。兴趣果然是孩子最好的启蒙老师。

1996 年圣诞节，我得到了一个重磅的圣诞礼物——任天堂64。它把我一下带进了 3D 视频游戏的世界，使我第一次感受到了马力欧变身三维角色后的震撼，这是革命性的。不仅如此，任天堂 64 的"三叉戟"手柄堪称游戏史上最重要的输入设备。这种可以 360 度输入的手柄使得游戏控制更为精确，让三维游戏变成可能。而且手柄上新增的震动包，让我在视觉和听觉以外又新

2003 年，在繁忙的学习
和运动之余，瑞德在抓
紧时间玩《最终幻想 X》

增了触觉的感官体验。

当我将任天堂 64 所有的游戏都集齐后，父亲
在第二年圣诞节给了我另一件大礼——索尼 PS 游
戏机。是的，索尼也通过 PS 一头扎进了游戏机大
战的汹涌浪潮中。这使我有幸接触到《最终幻想
VII》和《合金装备》，这两个游戏彻底改变了电玩
界的历史。特别是《最终幻想VII》，它是我尝试的
第一个角色扮演游戏，让我感受到自己和角色融
为一体。随着故事的发展，我真切体会到角色的
喜怒哀乐，欲罢不能，最终仅这一个游戏就让我
玩了一百多个小时。

我见证了电玩兴起的历程，而这些游戏也陪
伴了我的成长。从那以后，我也玩过不少好游戏，

但是再也没经历过一个时期，像20世纪90年代那样有那么多密集的革命性创新。现在绝大多数新游戏只是在原有旧游戏的基础上更新了画面或是进行了细微的改动。回忆童年，每次新游戏或游戏机的问世，都有让全世界震惊的概念以及技术革新。作为一个男孩，我简直不能想象自己还能生长在哪个比20世纪90年代更好的时代。在那个黄金年代，人们虽然经常被技术束缚，但往往充满着激情和梦想，大胆创新；今天的我们，掌握着几乎可以创造一切电玩的技术，但是因为将经济利益放在首位，对研发畏首畏尾，所以很可惜，至今仍没有震惊全球的革命性电玩大作出现。

这就是小小的俄罗斯方块告诉我们的人生哲理：犯下的错误会积累，获得的成功会消失。

大约是 1992 年春节，舅舅家忽然出现了一个我们很多人都没有见过的新潮"高科技"设备——一个词典大小的白色塑料盒子。它在我们孩子眼中简直就是一个神奇的宝盒，因为只要接入电视，它就能变换出如此多的动画，还能让我们操纵动画中的主角，这真是一个不可思议的发明！这就是后来在整个 20 世纪 90 年代享誉全国的"小霸王学习机"的前身"小霸王游戏机"。虽然成年后我才了解到，当年的"小霸王"其实是模仿了日本知名品牌任天堂的"红白机"，但是它售价相对低廉，推广和普及率高，确实率先为那个年代的国人开阔了眼界，为我们"80后""90后"的童年增添了绚丽多彩的一笔。

舅舅家是我们大家庭里第一个拥有"小霸王"的，所以 20世纪 90 年代初，只要回外婆家，我就相当兴奋。要知道，当时的小霸王需要三四百元一台，价格相当于一个普通工人两个月的工资，还没有普及到一般的家庭，这也可见我舅舅和舅妈当时对我表姐的宠溺。

　　比我大五岁，正在上小学二年级的表姐平日里腼腆安静，但是玩起电玩来非常有天赋。记得那年春节，一大家子人都坐在电视机前观摩她神乎其神的通关表演——《玛丽医生》《敲冰块》《俄罗斯方块》《影子传说》《小蜜蜂》……几乎所有游戏的难关都被她翻飞的手指一一攻克。直到今日大家说起她智商高时，都不忘提及当年她打电玩时的辉煌战绩。当然想打好游戏，不仅要靠智商，还要有好的灵活性和协调能力，可惜我在这方面非常不行，手指好像经常被糨糊粘住了一般，完全不听使唤，这大概也是为什么我早早放弃学习乐器的原因吧！当然那时我才四岁，连两手握好操纵手柄都不容易，所以每次躲在表姐身后看她熟门熟路地通关，都让我感到眼花缭乱，羡慕不已。

　　大约过了一两年，我也终于等来了我们家自己的"小霸王"。这下可好，游戏机一下唤起了我父母的童心，现在想想当年我父母也才三十多岁，确实是还会对游戏着迷的年龄。从此，每天晚饭后的电视连续剧完全被这个新玩具取代，隔壁的漂亮阿姨也几乎每晚来串门打游戏，玩得过瘾时会到深更半夜。后来母亲笑着感慨道：当年的"小霸王"真是耽误你阿姨呢，连出去约会的时间都没有了，一定有不少叔叔对我们家怀恨在心。的确，"小霸王"的魅力感染的不仅是孩子，还有一众成年人，就连当时近八十岁的外婆也积极加入观战的队伍，紧张地帮我们出谋划策、摇旗呐喊："当心后面！危险！……快点快点这里……""哎呀，

小霸王游戏机

可惜了！"自从有了"小霸王"，我的童年记忆中突然有了长辈们"老顽童"一般活泼可爱的形象，现在想起来都十分珍贵。

母亲在游戏机上手后的半年迅速成长为我们家的电玩高手，记得有一次父亲想在敲冰块的游戏中挑战她，却一次又一次地不是被海豹或小鸟袭击丧生，就是摔落云梯丢命，而母亲则是一路奋勇向上，遥遥领先。父亲用光了游戏中的三条生命后，眼看着母亲就要拿到破纪录的高分过关，居然急吼吼地上前将游戏机一把关了，然后愤愤离席。望着耍无赖的父亲的背影，我突然觉得他比我还要小。

《俄罗斯方块》是我当时最喜欢的游戏，也许是它原理简单，又和很多幼儿拼图游戏类似，所以对我那样的学龄前儿童而言非常容易上手。但奈何五岁的我技术有限，只能尝试最初方块龟速下落的那几关，只要超过第五关，我就招架不住了。眼看着自己垒起越来越多的洞洞眼，心里开始泛起微妙的变化，同时随着俄罗斯民歌的背景音乐加快，我变得更加沉不住气，失误率越来越高，心里不断呐喊着："老天啊，快点赐给我一根长棍子吧！"可是那根救命的红色长棍子就是迟迟不肯出现。最终，当垒起的方块高度超过屏幕一半时，我就会被吓得自暴自弃，常常把游戏手柄塞给一旁的母亲来"救火"，还一头扎进沙发的靠垫下，从缝里偷瞄屏幕……

　　虽然最终我的水平也没有怎么长进，但是一次次失败的教训让我在当时就认识到：一块块落下的方块需要提早规划布局，打好每一步的基础，发现错误必须及时补救，才能走得更长更远；

而且获得大片的消除以后也不能松懈，因为可能一瞬间，大好的形势就会被几个愚蠢的错误破坏殆尽。这就是小小的俄罗斯方块告诉我们的人生哲理：犯下的错误会积累，获得的成功会消失。

在我上学后，为了不影响我的学习，"小霸王"被父母塞进了橱柜深处。到了小学二年级，我们家有了第一台家用电脑，"小霸王"从此正式退出了我们家的历史舞台。现在，只要有20世纪八九十年代的电子音乐在我的耳畔"嘀嘀嗒嗒"地响起，我就会穿越时空，仿佛看到外婆在沙发上为我们加油打气，父母和我围坐在地板上，盯着18英寸的"西湖"牌彩电，全家一起玩电玩的欢乐场景。

追 梦

　　这些传奇故事在成千上万的人面前验证了"美国梦"的存在。他们活生生的例子告诉我，梦想实现的前提是要找到自己真正的潜力，然后投入比常人更多的努力。

　　上小学的时候，学校曾多次组织小朋友们观看美国航天局发射航天飞机或卫星的电视现场直播。凝望着屏幕上腾空而起的闪闪火光，我幼小的心里开始萌发出作为一个美国公民的自豪感。我也感受到自己国家的形象和影响力在那个年代达到了顶峰。在赢得"冷战"后，我们的国家以自由、平等的形象向全世界展现出了独特的魅力，仿佛美国就是这个世界上正义和美好事物的化身，全世界都把我们视为伟大和成就的典范。在这片土地上，如此众多的成功故事已成为一种思潮的基石——即任何人都可以在这里崛起并取得成功！而且这种思想也感染了全球各个角落，使很多人都愿意付出一切代价来到这里，实现他们的"美国梦"。

　　在我成长的过程中，诞生了许多"美国梦"的代表人物，我很幸运地见证了他们的成功轨迹，并在他们的激励下长大。他们

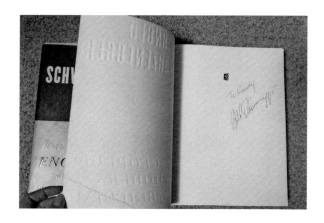

施瓦辛格为瑞德签名的《施瓦辛格健身全书》
成为瑞德的至宝

的故事不仅为我们美国青少年做出了最好的表率，
也成了那个时代的标志。

在我初中和高中的校园里，除了当地球员的
海报外，教室的最醒目位置都悬挂着同一名篮球
运动员的大型海报。更难以置信的是，就连我所
有到访过的同学家，在他们房间里也都可以找到
他的身影，是的，他就是迈克尔·乔丹。他的影
响力已经远远超越了一名篮球运动员，达到了美
国甚至全球青少年偶像的地步。乔丹非常讨人喜
欢，他有着出色的个性。还记得当时只要乔丹在
电视上出现，父亲就会在客厅里喊我，而我就会
抛下手头在做的任何事情飞奔到电视机前一睹他
的风采，哪怕只有一瞬间。

　　迈克尔·乔丹无疑是 20 世纪八九十年代最响亮的名字之一，他不但证明了"美国梦"，还启迪了无数像我这样的后人。虽然乔丹很小就立志成为优秀的篮球选手，但是他在青少年时期并不被大家看好，于是他通过积极乐观的态度和超乎常人的刻苦，最终包揽了所有篮球运动的奖项和头衔，走上了史上最伟大球员的神坛。他的故事鼓舞了少年时期的我，不仅因为他作为非洲裔美国人在各方面都取得了极大的成功，还因为他的人生态度——我可以接受失败，但我绝不能接受不努力尝试。就是在他的感召下，我从小学会了怎样去面对逆境，积极地看待人生，永远不惧怕从零开始，一步步努力去实现自己的梦想。

　　下一个我要提到的名字，它不仅出现在体坛、好莱坞，还出现在政坛。这个名字震耳欲聋，就是阿诺德·施瓦辛格。他不仅是我高中时期的偶像，还是我们"美国梦"不可思议的支柱。施瓦辛格出生在奥地利的一个贫穷小镇，他的童年并不理想，酒鬼父亲粗鲁而暴力，还一度讥讽施瓦辛格成为健美先生的梦想。但是施瓦辛格的执着和努力使他夺得了史无前例的五个环球先生头衔和六个奥林匹亚先生头衔，成为史上最伟大的健美运动员。记得他曾说过："强大不来自胜利，挣扎才可以让你强大，当你遇到困难但是决定不放弃时，这才是真正的强大。"移民美国后，施瓦辛格开始向演艺界进军，但是由于古怪的口音而不被重用，经过在好莱坞十余年不懈的摸爬滚打，最终凭借《终结者》系列等电影让自己红遍了全球。

在我上高中的时候，施瓦辛格宣布竞选加利福尼亚州州长，并开始在各地开始他的巡回筹款。吉姆姑父和盖伊姑妈参加了他在瑞丁城的募捐晚宴。他们并不是影迷，也不清楚施瓦辛格在全球的巨大名声和威望，吉姆姑父泰然地来到他面前，为他应该如何当好州长开始出谋划策，侃侃而谈，而施瓦辛格也非常谦和地聆听他的建议，这一幕被一旁的记者用镜头记录了下来。盖伊姑妈也不甘落后，跑到他的桌边和他聊起了她的侄子正在练习健身，并将他视为榜样的事，最后还捧上一本自带的《施瓦辛格健身全书》让他签名。没想到他为了鼓励我，欣然在书的扉页写上"给瑞德——阿诺德·施瓦辛格"。那本签了名的健身书被我像宝贝一样珍藏了起来，成为高中时期激励我顽强拼搏的一剂有力强心剂。

不出意料地，在同年的冬天，施瓦辛格以其魅力和领袖气质征服了众多选民，成功当选为第38任加利福尼亚州州长，步入政坛。他也感慨地说，在他1968年刚刚移民到美国时，他做梦也不会想到自己有一天会成为加州州长。

　　这些传奇故事在成千上万的人面前验证了"美国梦"的存在。他们活生生的例子告诉我，梦想实现的前提是要找到自己真正的潜力，然后投入比常人更多的努力。这些人为我的童年创造了愿景，点亮了我前进的道路。在我感到无能为力或虚弱时，迈克尔·乔丹提醒我，在美国长大的孩子可以追逐任何梦想，只要我们做到全身心地投入。直到今天，乔丹还是那样以身作则。而施瓦辛格让我了解到任何没有良好出生和背景的孩子也能拥有改变自己命运的力量，即便他最初就是那个最遭人白眼的丑小鸭。每当我遇到困难而准备放弃时，耳畔就会响起他的话："如果你打算像其他人一样平庸，那存在在这个世界上还有什么意义？……思维才是你的极限，只要你能设想出来，并百分百地相信自己，你就可以做到！"

解放了双手的我们，像脱缰野马一般推上购物车狂奔进卖场，那种欢快，就像一下冲进了游乐场里。

"生日蛋糕很惊艳！谢谢！"晚上在停车场忽然收到大洋彼岸的信息，点开手机一看，一张张家人和蛋糕的自拍接连蹦了出来。

自从我长大离家后，每年在网上为母亲定制生日蛋糕已经成为传统，即便后来分居地球两端，这样的祝福也从未间断过。"动动手指，身在异国他乡就能为亲人定制礼物，并在次日送达的美梦在小时候听起来简直就是天方夜谭吧？"我笑着想道。于是，坐在漆黑的车里，我的思绪穿过晶亮的手机屏，拂过母亲的笑脸，飞向了另一个时空——半睡半醒中，我变成了一个站在硕大糖果玻璃柜台前的小女孩，正瞪着眼睛向里观望……

我出生在 20 世纪 80 年代末的中国浙江，对于粮票这些计划经济的产物完全没有记忆。只记得在那个物质还相对匮乏的年代，购物远远没有现在便捷，不用说网购，就连超市这样的形式都没有见过。当时所有待出售的商品都被封在玻璃柜台里，上自百货大楼，下至学校外的小卖部，统统如此。当时大商场的售货员可比现在牛气多了，购物的人经常寻寻觅觅，又不好意思让售货员将货物一一取出来比较，在柜台前扭扭捏捏半天也不能做出选择。每当我父母这样做时，我这样的小跟屁虫只能将双手扒着柜台边沿，将整张脸贴到玻璃上朝里张望。记得一次父亲带着三岁的我在百货大楼家电部逛了几个小时，把我撂在一边。百无聊赖的我，倚着柜台，又累又饿，竟然贴着玻璃用舌头舔了起来，直到售货员看到后惊叫起来，父亲才发现身边的玻璃已经湿漉漉一片，结果什么也顾不上买，不好意思地抱起我匆匆离开了。

上了小学以后，杭州庆春路上开出了一家新颖的"百货大楼"——超市，这便是我记忆中最早的敞开式货架零售商店。相信当时绝大多数中国人都没有接触过这种购物方式，它给购物带来了从未有过的新奇和欢乐。这种所有商品敞开货架一站式的购物方式，使得采购变成了家庭活动。

渐渐地，周末上超市购物变成了一种新时尚，也成了我每周期待的一个娱乐项目。这家超市一共有两层，坐电梯从二楼入场，一楼结账。起初，商家显然对国人的素质没有什么信心，进超市前必须统一存包，而且还是人工柜台，即便有时要排长队等待寄存，大家也毫不在意。解放了双手的我们，像脱缰野马一般推上购物车狂奔进卖场，那种欢快，就像一下冲进了游乐场里。大家望着一列列琳琅满目而又没有玻璃隔挡的货物，好像这些东西不要钱似的，疯狂往车里拿。超市仿佛打开了一扇自由购物的

踏着购物车玩耍是小
文子小时候逛超市的
一大乐趣

大门，一种报复性消费的心理让人很难把持得住。

　　孩子们总是很爱玩购物车，在货架间像滑板车一样踏着它前进。二楼逛完日用品后，我们推车下到一楼选购食品。在绿色地毯铺成的宽阔坡道上，我可以手握着车把，脚踩在车上咕噜噜地滑下楼去，这居然也成为当时我爱上超市的一大理由。

　　在超市出现以前，蔬菜生鲜和调味品等只能到菜场或路边小店购买，品质参差不齐，也从来不明码标价。所以，在超市里我们也逐渐尝到了无须花过多精力挑选和讨价还价的甜头，而且这里的选择范围一下比从前翻了好几倍。自此以后，我开始经常接触进口调料和食品，由于货架敞开，大家更愿意尝试自己没见过的商品。印象最深刻的是购买东南亚风味的甜辣酱、意大利面等，这也使母亲开始尝试烹调风味不同的菜肴，大大丰富了我们家的餐桌，为我们开启了一扇"世界之窗"。

"在车里做什么白日梦呢？"只见一张鬼脸贴在车窗玻璃上正往里看，瞬间拉回了我的思绪。啊，是瑞德推着一车的日用品从 Safeway 超市出来了。

"我妈收到我昨天在网上定制的生日蛋糕了！你看今年的款式是不是特别漂亮？"我打开车门，一脸兴奋。

"哦？网上定制真是便捷啊！"

"美国是什么时候开始有开放式货架的超市的啊？"我一边帮忙将一纸袋一纸袋的东西装上车，一边还在琢磨着刚才的"白日梦"。

"我外公好像说他们很小的时候就已经有了吧?"瑞德转身将推车推到街边放好,并没有看到我脸上错愕的表情。

是啊,小学以前都不知道什么是超市的我,怎么也不会想到两国的超市出现竟然差了超过半个世纪,但神奇的是,我们网购的兴起却几乎是同步的!我忽然更深刻地意识到,"80后"的我生在一个中国"核裂变式"高速发展的入口,我们这一代中国孩子的成长或许压缩了美国好几代人的经历。这样的"瞬间加速"让我们一直被包围在新兴事物中。

"怎么了?"瑞德看我若有所思地笑着。

"说了你也不会懂。"我坐上车,撇过脸去望向车外,用中文喃喃自语:"你们这一代美国孩子又怎么能够懂得呢?这是属于我们这一代中国孩子独有的幸福!"

奇妙的"金拱门"

　　我开始担忧起自己的外貌变化，并向母亲抱怨起来，可是母亲却安慰我说："一个人最重要的是内在美，外表并不重要。"我感谢母亲总是给予孩子充满正能量的鼓励，但是这也体现出了那个年代很多人对健康饮食的无知。

　　在我童年最早期的记忆中，吃饭不是我很喜欢做的事，更不要说吃健康的在家烹饪的食物了，特别是蔬菜，我连看都不看一眼。我和我的表兄弟整天只知道玩耍，玩到筋疲力尽，甚至忘记吃东西。所以父母总是提醒，甚至逼着我们吃饭。而这一局面被一个公司打破了，那就是麦当劳。

　　麦当劳改变了一切，也改变了我的生活方式，它不仅让我爱上了吃饭，还让我对吃饭期待不已。最初我们一个月只是偶尔吃一两次，但是当我们随母亲搬到俄勒冈州后，麦当劳几乎成了我们的食堂，不仅因为母亲经常无暇照顾三个孩子的饮食，还因为我们住得离麦当劳更近了。这为我们三兄弟打开了一扇奇妙的美食"金拱门"。放学去麦当劳用餐，不仅能享用超级美味的汉堡和薯条，在店内儿童区的大型玩具上玩耍，还能从"欢乐套餐"中得到各种各样的礼物。麦当劳一站式搞定吃的玩的，还可以消耗我们多余的旺盛精力，这简直就是家长们的救星。

　　我和其他孩子们总能注意到麦当劳在各种媒体上的广告。每当有新的电影上映，麦当劳就在电视上宣传自己炫酷的延伸玩具。记得 20 世纪 90 年代初，《侏罗纪公园》上映的时候，麦当劳推出了一系列珍藏版恐龙塑料杯，每只杯子上都有一种恐龙的精美插画和介绍，吸引了不少孩子甚至大人疯狂收藏。还有一阵收藏狂潮是《超能战队》电影上映的时候，买一份欢乐套餐不仅可以得到超能战士的模型玩具，还能附带得到机器生物的模型玩具。

　　当然麦当劳吸引的不仅是孩子们，成年人也为之疯狂。我印象中麦当劳最成功的营销是"麦当劳大富翁"游戏。游戏开始于我出生那年，活动期间，顾客只要购买指定产品就可以获得一张刮刮卡，如果集齐大富翁游戏板上所有种类的卡，就有机会赢得一百万美元奖金。这听上去像博彩，吸引了更多人光顾麦当劳，就连我母亲也是这个游戏的疯狂参与者。人们觉得自己只花了一点点钱，不仅可以享受到美食，还有机会赢得百万美元，为什么不多去麦当劳呢？那是一个疯狂的时期，其实大家痴迷的就是赌博。我认为这就是麦当劳的一种操纵手段，对顾客来说并不公平。不管是赌徒，还是并不知道自己嗜赌的人，都会被影响，更别提绝望的穷人为了可以一夜暴富，可能顿顿光顾麦当劳了。

1996 年，在美式快餐的
"摧残"下，脸蛋儿逐渐
变圆的瑞德

自从经常吃麦当劳以后，我从班级中的"瘦猴"一下子膨胀
成了"胖熊"。我开始担忧起自己的外貌变化，并向母亲抱怨起
来，可是母亲却安慰我说："一个人最重要的是内在美，外表并
不重要。"我感谢母亲总是给予孩子充满正能量的鼓励，但是这
也体现出了那个年代很多人对健康饮食的无知。正当美国人沉迷
于快餐的便捷、低价、美味甚至娱乐时，一场"肥胖风暴"正席
卷着全美。大家开始意识到自己和家人的体重日益增长，心脏病
的发病率逐渐上升，儿童肥胖问题也迅速凸显。

到了 20 世纪 90 年代末，麦当劳等快餐遭受了前所未有的打
击。因为人们突然发现，一顿麦当劳就远远超出了一个人一天所
需的卡路里！人们像是挨了闷头一棍，原来那么多年吃快餐是有
代价的，那就是我们的健康！随着各种快餐黑幕的曝光，我又想
起曾经被麦当劳的各种不人道和掠夺性的营销手段骗着吃了那么

多本不会吃的垃圾食品的年代，真是愤懑不已。虽然麦当劳为此关停了很多门店，并重新调整了配方，但是以它为代表的美式快餐店已经确确实实影响了我们几代人的健康，使美国从此走上了超级肥胖大国的道路，一去不复返。

五毛钱的幸福

每天放学后，饥肠辘辘地穿过这片"美食林"，对我是一种煎熬。

每天放学后，我们总是被小学校门口"滋滋"的油沸声和香喷喷的气味所吸引——几个老人家推着小车沿路摆开的小摊边挤满了小朋友。油墩儿、葱包桧儿，还有牛肉粉丝汤和羊肉串，统统五毛一份。我对它们个个都感到新奇，可是却没怎么光顾过。因为那时，五毛钱对于一个一二年级的小朋友来说不是个小数目。一个五毛或一元钱的硬币，经常躺在我铅笔盒的下面一层，藏得好好的，那是为了紧急情况下打电话用的，好几个星期都不舍得用掉。所以放学后能在小摊上买上一样小吃，便是我十分奢侈和期盼的事情。当然，我的父母也会时常教导我不能吃小摊上的东西。每天放学后，饥肠辘辘地穿过这片"美食林"，对我是一种煎熬。

到了三四年级，手头的零用钱宽裕了些，放学饿得紧了我便会瞅准油墩儿或葱包桧儿中人少的小摊凑凑热闹。看着老奶奶不

油墩儿

紧不慢地拨动着油锅里浮动的两三个金灿灿的油墩儿，小朋友们个个摩拳擦掌。递上五毛钱，捧过一个还淌着油的油墩儿，一口咬下去，先是香脆，再是面糊包裹着的白萝卜丝和香葱的软糯和清香，那个美妙！

葱包桧儿小摊通常排队的人比较多，因为这是一项更费时费力的小吃。是的，做葱包桧儿还是一件体力活。小贩需要将油条、香葱、榨菜末和甜面酱裹上春卷皮子在平底煎锅上用像糊墙用的平铁铲反复压实，压得越扁越好，越扁越入味，越扁越焦香，所以有时必须用上两只手加上整个上半身扑上去的力气。那咯吱咯吱的响声，传说当年让葱包桧儿的创始人解了不少气。相传他为

葱包桧儿

民族英雄岳飞的冤死而打抱不平，于是将油条比作秦桧夫妇，用春卷皮将它们和葱包裹起来在油锅里煎着解气。这就是杭州这道民间小吃的由来。抢到一副葱包桧儿就是运气。小朋友们咔嚓一口下去，满脸都是碎渣，里面整根的香葱被一下扯了出来，吃相虽然不好看，但是脆皮里榨菜末的咸鲜和甜面酱的甜香，让人欲罢不能。

到了冬天，热气腾腾的牛肉粉丝汤就是下午自习时经常挂念的事。接过老爷爷盛上来的撒上牛肉粒和葱花的小碗粉丝汤，往往两手烫得要把碗先放到地上凉一凉，因为盛汤的一次性塑料碗都被烫得软软的，没了形状。于是迫不及待的小朋友就蹲在地上拿勺小口小口地舀着喝，红扑扑的脸蛋在蒸汽中忽隐忽现，虽然狼狈，但是却无比幸福和满足。

可惜的是，不知不觉中，曾经火遍杭城大街小巷数百年的小

牛肉粉丝汤

吃，在这近二十年的城市环境整治中，成了过往。童年记忆深处的这些不起眼的杭州老底子味道和其他的一些游击队摊贩，渐渐找不到了。有几次意外在饭店里遇到它们，不是用料不地道，就是做法不地道。儿时唾手可得的简单美味，长大后突然想念起来，每次回到杭州特意去街头寻找，真的真的，都不见了。

放学后买上一副葱包桧儿的小文子（《五毛钱的幸福》）

从新"世贸中心一号楼"顶楼观光层远眺帝国大厦
(《"911"梦魇》)

世贸中心双子塔遗址上建造的 "911" 纪念瀑布倒影池，池边刻满了遇难者姓名（《 "911" 梦魇》）

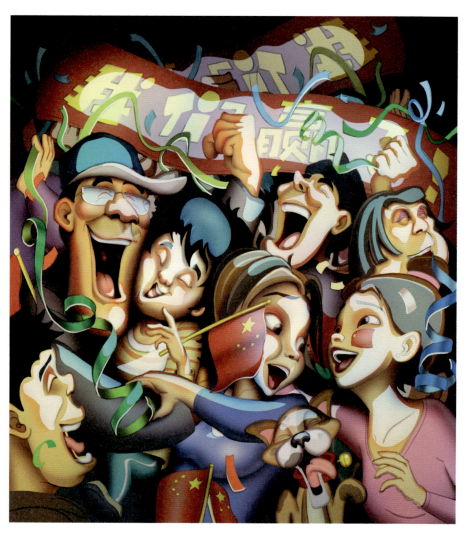

北京申奥成功，中华儿女欢呼雀跃（《圆梦》）

"911" 梦魇

我对自己国家"所向披靡"的信念，正随着这些高楼大厦的倾覆而倾覆；我对自己国家无与伦比的自豪感，也在一片升腾的烟雾中化为废墟。

"嘀嘀嘀嘀嘀……"2001 年 9 月 11 日清晨，与往常一样，伴随着起床的闹铃声，我跨入淋浴房冲澡。母亲将电视打开，准备收看一些晨间新闻。咖啡机咕噜咕噜地工作着，屋里弥漫着咖啡的香味。就这样，这个原本平常得不能再平常的一天安静而有序地开始了。

"哦，我的上帝啊!!!"隔着淋浴房哗哗的水声，我忽然听见从卧室里传来母亲的惊叫："快来看啊，这太可怕了!"她的疾呼异乎寻常，我顾不上穿衣服，一边披上浴巾一边飞奔到电视机前。接下来的画面让人难以置信，在新闻回放中，一架飞机撞上了纽约世贸中心的北塔楼! 新闻播报员们正在热烈地讨论着，说还不能确定这是否是一起怪异的事故。我一边关注着新闻动态，一边开始穿衣，整理书包……就在我满腹狐疑地离开家，去

2001 年，照片中这个幸福的少年瑞德不会料想到，数周后可怕的噩梦将不期而至

赶巴士上学时，屋里的电视又传来了噩耗：又一架飞机击中了世贸中心的南塔楼！那一刻，全美国都清醒了过来——这不是一起单纯的事故！我们正在受到袭击！

在去学校的巴士上，一种沉重得可怕的气氛在我们身边迅速蔓延。

到了学校，大家都炸开了锅。事件的影响力之大以至于所有的班级都忘记了上课，教室里的电视都在播着新闻。一种极度的不安全感，一种我们的生活方式将受到威胁的不好预感，使得全校师生都一门心思地只关注事件的最新进展。

我们班第一节原本是美术课，可是大家哪里还有心思画画，美术老师干脆号召大家将课桌挪开，把椅子围成一圈，这样大家可以面对面地像开会一样发表感想。当同学们都在七嘴八舌地谈论着事件的可怕和对纽约市民的同情时，一个阴阳怪气的声音从教室角落里传出："世贸中心活该！"只见穿着布满铆钉的皮衣皮裤、留着夸张莫西干发型的男生抹着鼻子，非常不屑地说："大楼里那些充满铜臭味、贪婪无比的邪恶公司，终于，摧毁它们的时刻到来了！"

"你错了！"我愤怒地站起来，指着电视说，"你难道没有看到，有多少无辜的好人在这次事件中丧生?！"

电视画面中，不断有绝望的人从熊熊燃烧的几十层楼上往下跳，那种惨烈，让我感到心痛和无助，让我更心痛的是，我的身边竟然还有同学拍手称快。他这种阴暗的心理不就是恐怖分子的萌芽吗？不将这种思想扑灭，更多的恐怖袭击是迟早的事！我愤愤地想着，多么希望老师能够对史蒂夫偏激的观点在全班同学面

多年后，瑞德在参观纽约国家世贸中心纪念博物馆时在留言区留下了
"永不忘记"的小插画，也算是为少年的自己还了愿

前做出批评，可让我失望的是，思想开放的她只是一味地欢迎班上所有人都表达自己的观点。

正当大家你一言我一语的时候，谁都没有想到，事情变得越来越糟——在一片尖叫声中，我们从电视直播中目击了世贸中心南塔楼的忽然倒塌！每个人都沉浸在震惊和悲痛之中不知所措，因为我们知道，消防员和救援人员仍然在大楼里疏散人员……

然而还没等我们回过神来，浓烟滚滚中，北塔楼竟然也坍塌了……那一刻，我们的内心彻底被击溃了！

我对自己国家"所向披靡"的信念，正随着这些高楼大厦的倾覆而倾覆；我对自己国家无与伦比的自豪感，也在一片升腾的烟雾中化为废墟。

　　不断地有令人心碎的新闻传来……我们的五角大楼也被袭击了。这是举国上下震惊和悲痛的一天，但是当时没人知道，事情原本将会更糟，因为后来我们发现有一架飞机在华盛顿附近坠毁，就连白宫也曾经危在旦夕。

　　是的，那一天，美国下跪了。

　　在泪光中，我也看到了我们的消防队员、警察、急救队员，还有市民们不顾一切，团结一心，甚至冒着生命危险抢救生命。我为他们自豪，只恨自己太小、太远，不能到现场帮忙。而且我发现，那些平时很难察觉，只有在患难中才能看到的、众志成城的美国也在那一天瞬间爆发出它惊人的凝聚力和应变力。这种精神感召了电视机前的许多人，使十四岁的我热血沸腾，并立志要去参军，去为自己的国家做贡献！

最终，参军的计划因我是家中的独子而被迫流产。可是现在的我又庆幸自己当时没能那么做，因为这二十年来，原本对恐怖分子的复仇计划已经变成了一场在中东的漫长的战争，使我们的双手沾染了无辜生命的鲜血。这场战争彻底将美国从道德制高点推落，并让我们从此在世界上丧失了道德权威。更可悲的是，它永久地玷污了我们国家的正面形象。"911"以及我们的报复行动以后，尽管美国仍然是最强大、最宜居的国家之一，但与之前相比，已经黯然失色。

2001 年 9 月 11 日，它就像是一场噩梦，它让我感受到了两个时代的重大交替。它使那个曾经幸福、团结、自信的美国突然从神坛上跌落下来，变成一个拥有众多消极情绪，互相指责以及内部争斗的国家。

这可能就是为什么我总是怀念我的童年。我多么想回到那个"911"发生以前的美国，那个更简单、更快乐的国家。我多么希望，这场可怕的梦魇从来都没有发生过。

　　那个晚上，我打开窗户，看到无数人发疯了似的跑上街，挥舞着手中的五星红旗，见到陌生人就拥抱在一起，一起高唱着《歌唱祖国》，个个喜极而泣。

　　"我们亚洲，山是高昂的头！……"1990年，第十一届亚运会在北京举行，这是中国第一次举办综合性国际体育赛事。那时刚满两岁的我哪知道这是什么，只听见电视里一直有一个阿姨翻来覆去地唱着这首歌（《亚洲雄风》），而我就喜欢跟着旋律一边乱唱一边手舞足蹈。那时的我表演欲望强烈，特别喜欢模仿，即便不知道歌词也神气活现地跟着旋律高唱，那种朗朗上口、气势磅礴的旋律也确实让我热血沸腾。而且我发现我的小床边被父母装点上了一面小绿旗，上面印着一个手持金牌欢快奔跑的熊猫形象，竟然和电视上经常出现的吉祥物"盼盼"一模一样！慢慢地，我发现不只是家中，路上到处都可以找到熊猫盼盼以及亚运会的影子，小小的我第一次感受到什么叫举国欢庆。虽然那时的我对于国家、对于亚洲还没有什么概念，但也第一次莫名有了一丝集体荣誉感。

"这火炬上凝聚了全国人民对体育的热爱，对世界和平的向往，经过上亿双手的传递，现在正向我国自行设计制造的火炬台上奋力攀登！"开幕式当天，电视解说员难以掩饰激动，自豪地向大家介绍着我们当时造出的高科技产品。电视机前，我看到家人那期盼的眼神，随着会场上空巨大火炬的点燃而几乎要迸出泪来。现在回想起来，那种心潮澎湃的感觉并不亚于多年后我们观看中国第一艘载人飞船的发射。

年幼的我哪里知道，这盛会的背后是一个民族正奋力走出它带血的历史。如此欢乐的亚运会其实是一个过去受尽磨难的国度正在一点一点地试着回到世界舞台的中心，积极摸索着谱写"大国存在感"的前奏曲。我们想要用更开放的姿态展现给世界一个新的中国，并且殷切地希望得到这个世界的肯定。所以北京亚运会的成功举办从某种程度上来说至少得到了亚洲同胞的认可，它展现了我们的综合国力和国民风采，为此后的持续"国际化"征程打好了优良基础。对于当时年纪尚小的我来说，这是最好的"爱国主义启蒙教育"，这种教育是潜移默化的，当我看到壮观的亚运会开幕式，以及我们的体育健儿在场上的英姿时，那种涌动的国家荣誉感已经悄悄渗入了我的血液。

亚运会圆满结束后，中国就开始为申办奥运会做紧锣密鼓的准备。于是，我的整个童年时代一直浸泡在国人浓浓的奥运情结之中。小学期间，我还积极参加了由中国奥林匹克委员会新闻委员会和 VISA 国际组织主办的"奥运畅想"儿童绘画大赛，并获得了铜奖，为奥运奉献了我的绵薄之力。

2001 年的那个夏天，北京第二次申奥进入倒计时，对中国来说就好比等待升学考试发榜一般紧张。在莫斯科举行的国际奥委会第 112 次全会上，我们将等来 2008 年奥运会主办城市的投票结果。对中国而言，这不仅是承办一场运动会，还是对我们综合国力与国际形象的一次大考。

7 月 13 日，暑假上培训班的我放学后早早地回家，为了能让我们观看当晚的电视转播，老师都特意没怎么布置作业，举国上下似乎只关注这一件大事，而且大家都有一种预感——我们就要圆梦了！晚上 10 点多，随着国际奥委会主席萨马兰奇登台念出主办城市是"北京"时，我们全家人都尖叫着从沙发上跳起来拥抱在一起！"嘀——嘀嘀嘀——"窗外汽车齐鸣的喇叭声和人们的欢呼声顿时响彻了整个城市！

电视上忽然蹦出"我们赢了"几个鲜红的大字。"北京申办奥运成功了！！！"主持人声嘶力竭地高喊着，激动的嗓音传遍了中华大地，13 亿中华儿女都沸腾了！我们的百年奥运梦想终于成真了！那个晚上，我打开窗户，看到无数人发疯了似的跑上街，挥舞着手中的五星红旗，见到陌生人就拥抱在一起，一起高唱着《歌唱祖国》，个个喜极而泣。这是我童年最难忘的夜晚，虽然我不能上街和大家狂欢，但是那种全国自上而下的凝聚力，与人民单纯的对国家美好未来的向往，在那一刻都深深地印刻在了我的脑海里。

第二天到了培训班，"看来我要好好学英语了，这样才能做向导！""将来我要考到北京去做志愿者！"同学们你一言我一语，个个都在兴奋地讨论着如何为 2008 年奥运会做贡献。也难怪了，一百年前被称作"东亚病夫"，并被奥运会拒之门外的中国人，终于有能力主办奥运了！这是多么扬眉吐气的历史时刻！中国不仅重新登上了世界的舞台，得到了世界人民的认可，而且从那以后借着奥运的东风，进入了一个高速发展的新时代。二十年前，我们有能力团结家人，有底气迎接客人；二十年后的今天，我们有能力选择客人，有底气保护家人了。

　　不得不说，我们 20 世纪 80 年代末出生的这一代中国人是幸运的，因为我们在成长道路上目睹并参与了自己的国家不断超越自我的过程。如果可以，我真想坐时光机穿梭到申奥成功的那个夜晚，跑上大街和大家一起狂欢，在绚烂的焰火下拥抱过往的每一个中国人！

写在后面

我的"国际化"启蒙

　　许多好莱坞影片总是给人一种错觉，那就是美国人种多样，文化多元。事实上，并不是所有的美国人都像影片中描述的那样开放，美国也不是所有的地区都是人种与文化的"大熔炉"。其实即便是经济发达的加州，在我生长的区域，大部分人都还是观念相当保守的白人，在我看来他们对新事物的接纳程度远远低于现代的大多数中国人。在我的记忆中，为了保护当地已有的"商业生态平衡"，许多品牌连锁以及大的商号一直受到当地人的抵制。当年一家沃尔玛超市入驻都引起本地商户不小的集体抗议。在这样故步自封的大环境下，不用指望更多种族的人到这里定居，也不用指望多元文化在这里生根发芽。

　　所以，在本书的最后我一定要再补充一段经历，它无关乎我的童年，但是它却是在我踏入社会以前建构我观念的不可或缺的经历。没有这段经历，我就不可能有开阔的眼界、开放包容的性格。我最后这段"多元文化大染缸"的经历围绕着一个城市展开，那就是旧金山。

　　怀揣着我的艺术之梦，我在人生中最意气风发的年华决定到美国的大城市上大学。在我成长的过程中，我和周围的许多年轻人一样，对离家越远的城市，比如洛杉矶或纽约，总是更加充满向往，所以，很遗憾地从来都没有将家门口的旧金山放在眼里。

在这片寸土寸金的城市里，我的大学是传统意义上的"城市学院"，与有围墙包围的学校不同，我们的教学楼遍布于旧金山许多繁华街区，这让我随时都置身于喧嚣的城市生活中，这种奇特的经历完全颠覆了我的想象。而且，在我开始细心地玩味这座城市后，我才感到能在这里学习与生活是何等幸运与幸福。

旧金山称不上是特大城市，市区面积只有 49 平方英里，但是这更能体现出它的精致与特别。在这里，一出校门，我就置身于著名的旅游景点渔人码头。在我的家乡，不开车我们就寸步难行，来到这里我不但爱上了以步行代替交通工具的出行方式，还着迷于这里独有的时晴时雨的"微气象"。由于城市坐落在半岛上，依山而建，有大批街道和建筑群甚至就建在近 45 度的斜坡上，所以这里的居民每天在街道上不是在走路，而是在爬山；司机不是在开汽车，而是在开过山车。想当年，一些不搭乘学校巴士与公共交通的同学总是气喘吁吁地说："旧金山不但是我们的校园，还是我们的特大号健身房啊！"

在我学画的早期，一位伟大的艺术家告诉我："花时间练习比学习艺术理论更重要！因为花在练习手艺上的时间是最难实现的部分。"我要感谢这个城市：旧金山的"包容"给予了我譬如中式的唐人街牌楼、英国维多利亚式的民居、巴洛克式的市政厅等风格各异的民族风情建筑群；它的"时尚"给予了我像环美金

旧金山联合广场速写

字塔大楼、千禧楼等现代街区的绝佳蓝本；而它的"浪漫"则给予了我雾气缭绕与波澜壮阔的太平洋美景……有时乘车去市中心上学的路上，往返我可以有一个小时的时间涂鸦，无限的激情与灵感随着窗外景致的变换而变换，通通都被倾泻在我的画本里。

我一直相信，旧金山是我被"国际化"的启蒙老师。这里有唐人街、日本城、小意大利等。而我的胃是最早被启蒙的，因为探索各种美食逐渐成为我课后的一大爱好。在这里我学会了熟练使用筷子，这为多年后讨好中国老丈人和丈母娘打下了良好基础。

众所周知，旧金山有着全美最大的唐人街，我就经常无事到唐人街来"寻宝"。作为一名穷学生，广式点心店里刚出锅的、用塑料袋裹着的滚烫的锅贴，以及烧腊店香喷喷的烤鸭总能慰藉我的胃和心灵。一面可以满嘴流油地享受美食，一面可以在隔壁的工艺品店里闲逛，观摩里面的各式古董宝剑。唐人街之旅可谓是视觉与味觉的双重盛宴。

突然有一天，街上一条排出一个街区的超长队伍引起了我的注意，在狭窄的人行道上拨开人流向前寻找，队伍竟然通向一家外观极其朴素，甚至有些破败的冰品店。但是那天我寻到了一种叫"波霸奶茶"的饮料，它让我迅速上瘾，欲罢不能。曾经只靠星巴克咖啡续命的我，从此移情别恋，为了每天下课可以到喜欢的奶茶店，我不得不兴师动众地从地铁的前一站提早下车，排着队点上一杯香芋奶茶后，再步行几个街区回家。

旧金山是一个餐饮竞争激烈、食客要求极高的城市，只有真正高质量的美食才有机会在这里生存下来。所以这也是我在这个城市学到的一点——我们在不以貌取人的同时也永远不要"以貌取店"。除了中式美食，我还是韩国烧烤、越南料理和印度料理的粉丝。啊，这些奇妙的各国美食，让我每每想起来就直咽口水，虽然这些餐馆或小吃店很多都有一个共同特点——它们既没有很大的门面，也没有花哨的招牌，更没有富丽堂皇的接客大厅。有时候它们就在一家杂货铺和工艺品店的夹缝中，但就是在这样的"墙上小脏洞"，你可能会尝到你这辈子吃过的最棒的美食。

在这个城市闲逛，"随机"地遇上美食只是奇妙之旅的开始，因为偶遇不同的世界顶级展会和活动是必然的，而偶遇你最爱的乐队或歌手也不是不可能的事。一次，我在联合广场转角隐约听见了我在跑步健身时无数遍单曲循环的电子音乐《Levels》。走近了才发现居然是本曲作者——世界顶级 DJ 大神 Avicii 本尊正在广场上忘情打碟！在血脉偾张的节奏中，无论你来自世界何方，都会为此时此刻身在旧金山而疯狂！

瑞德在旧金山图书馆画的一页人物
速写，右下角是一名流浪汉在图书
馆伏案看书

　　到了冬天，当我推开温暖的旧金山公共图书馆的大门，往往能够看到一个个坐在明亮台灯下看书和在公共电脑上查阅资料的流浪汉，他们穿着破烂，书桌下又堆满了行李，但周围的人却视若无睹。常听人们诟病这座城市的流浪汉问题，但也正是这座城市公共设施的完善与政府的包容，才使得他们能够在这里惬意地生活。一次，在书架的尽头偶遇一个年轻的流浪汉在墙角专心地啃着一部厚书，我一瞥封面，《斯坦福商学院论文集》。当时我就会心地笑了，也许他一辈子都不会踏入斯坦福大学这样的高等学府，但此刻他可能正坐在一位斯坦福教授对桌翻阅着同类书籍——在接触知识面前他们没有区别。望着这些流浪汉和其他人一样，平等而又自由地遨游在知识的海洋里，我更是能感受到什么是真正的包容，什么是真正的多元，什么是这座城市不一样的可爱——它无关种族，无关性别，无关信仰，亦无关阶级与贫富。这可能是我看到的人类社会最美丽的画面！

民族的，才是世界的
——由中山路·南宋御街想到的

　　夜幕降临，从上海中心大厦118层向远处望去，整个城市如同披上了镶满宝石的袈裟，鳞次栉比的超高摩天大楼向天空投射着光芒，黄浦江上的客轮与远处的车流好似交织的游龙金光闪闪……这般壮丽的夜景让我心生自豪，扭头略显得意地问了瑞德一个我自认为知道答案的问题："走过了中国那么多好地方，你最喜欢哪个城市？"他不假思索地回答："杭州。"在环游了大半个中国后，瑞德的回答让我既欣喜又意外："Why?""上海固然繁华，但是它太现代、太西方了，与美国众多的大都市一样，没有自己鲜明的特色。"瑞德接着补充道："杭州不同，它有大都市的繁华、自然风光的秀丽，更有历史的厚重。杭州的街道更适合步行，环境更是宜居。最重要的是它像自己，像中国。"

　　原来"像自己，像中国"的杭州在一个美国人眼中那么重要！

　　我们这一代的中国孩子，成长在经济加速发展的时期。我们见证了日新月异、大刀阔斧的城市建设，却忽视了对城市历史文

化的保护性改造与开发。一些有浓厚中国气息、经典的东西遭到
了破坏。城市丢失了历史的记忆，这怎能不让我们心痛？

　　随着杭州城的发展，曾经是南宋临安都城中轴线的中山路一
带逐渐衰败。终于，在 2008 年初，杭州市对中山路街区开展全
面历史保护与有机更新的整治。两年后，当我回到这里，惊喜地
发现——南宋御街·中山路一带不仅没有被破坏，而且更有"杭
州味儿"了。据说，在全国各地纷纷追求将沿街建筑后移、拓宽
街道的当下，杭州在整治南宋御街时却另辟蹊径：将大楼前的空
地用小楼填补……硬生生地把街道变窄了——为的是保持最适合
步行的街道宽度，为的是保证城市的良好氛围。

　　烈日炎炎，我与瑞德步行于南宋御街一带却感到格外凉
爽。这里如今毗邻杭州老城区的繁华商业区，沿街两旁却别有洞
天——鼓楼、清河坊、胡庆余堂、凤凰山……浓厚古朴的历史气
息扑面而来。这里既有清代的民居，也有民国的西洋老楼。抬
头，充满江南特色的坊墙别有韵味；侧耳，"太平沟"潺潺的流
水声沁人心脾……处处可见设计师的创意与匠心。中国美术学院
建筑系教授王澍说："我们后来做的片断，都是从南宋御街的历
史元素当中运用过来的，当然你没有办法简单地用，因为现在
这条街道非常复杂，我们用片断回忆的方式，最后形成了一个
多条线索综合保护的创造性，所有东西都是用高度创造性的做
法……"一条残破老街全部推倒了重建，那多方便多省事啊，可
是杭州偏不，秉持"以历史为背景去创新"的理念，有机地复兴
了这条已然破败、但老杭州人再熟悉不过的街道。时间之河虽流

杭州南宋御街中山路步行街速写

杭州河坊街王润兴酒楼速写
（司徒雷登曾在传记中提到在这里用地道杭州话点地道杭州菜）

淌了八百年，仍留下了杭州的历史画卷。

走在南宋御街，我们能感受到更多东方文化与审美的共鸣。外国人在这里感受中国，中国人在这里品味世界。当我们有能力自主创新时，我们终于抓住了一个真谛——"民族的，才是世界的"。

我告诉瑞德，儿时的我就在这条街周边生活成长。小学三四年级时，每逢周六母亲就骑车载着我从中山路拐进狭窄的耶稣堂弄，去下城区少年宫上"华罗庚数学"。那时的我哪知道，被我们无数次经过的那不起眼的耶稣堂弄2号，就是中国人民的老朋友、美国前驻华大使、燕京大学创始人司徒雷登的出生地。

中山路一带小吃众多，兴趣班后，耶稣堂弄口的"陈生记"过桥米线店总能慰藉饥肠辘辘的母女俩。店的后方紧挨着的那座中西合璧的别致建筑，让小时候的我感到好奇，长大一些我才知道这里是杭州第一所基督教教堂——天水堂。而司徒雷登的父亲在清朝末年就开始在这里传教布道。童年的司徒雷登就是操着杭州话，跟着"杭州伢儿"们一块儿在这条弄堂里奔跑嬉闹的；成年的司徒雷登回到杭州，也总是要去紧挨南宋御街的河坊街，用地道的杭州话点地道的杭州菜。"与其说我是美国人，不如说我是中国人。"在中国生活工作了半个多世纪的司徒雷登，有十多年的童年时光都是在这里度过的，也算是我们相距百年的街坊邻居了。

我们这代人初识司徒雷登大多是从语文课本上那篇著名的《别了，司徒雷登》。随着年岁的增长，我们逐渐了解了司徒雷登的生平，他毕生在华兴办学校，为中美文化交流做出过许多贡献。可惜晚年的他因被任命为美驻华大使，成了当时历史背景下的替罪羊。但是纵观整个 20 世纪，几乎找不到另一个美国人像他这样长期而又全面地参与并竭尽全力服务中国的教育、文化、政治等各个领域，产生了如此广泛与深远的影响。

婚礼前夕，我与瑞德在杭州寓所周边散步，不知不觉又走到了中山路司徒雷登故居一带。童年记忆里的"陈生记"已搬迁至街对面大楼的二楼，宽敞的大厅陌生得竟让我感伤起来。"先下肉类，再下蔬菜……"瑞德遵照我的指导，将一碟一碟的小菜往盛着高汤的大碗里下，学得十分认真。这于我是在重温儿时旧梦，而于瑞德是在体验不同文化。我打趣道："嗨，就算会说杭州话的司徒雷登也没你这么有口福啊！"

从米线店二楼的窗口望出去，可以看到中山路上的杭州中美友谊民间纪念馆。"这是一家受到三位中国国家主席、三位美国总统关心和支持的民间博物馆。"瑞德顺着我手指的方向往对街看去。

只见纪念馆正面墙上有一行大字：

中美友好，根基在民众，希望在青年。

——习近平

致

谢

在此，我要先感谢此时此刻还捧着本书的您，感谢您耐心地阅读与倾听我们的故事。然后我要感谢我的家人、我的师长和与我一道成长的同龄人。在他们的帮助激励下，我才能成为一个持续学习、努力上进的人。

　　当然，我今天能有只言片语的感悟和大家分享，还得"归功"于我的遭遇，所以我也要感谢生活中那些不完美的经历。是生活教会了我，有梦想就要勇敢追逐；命运是掌握在自己手中的。尽管没人喜欢在狂风暴雨中挣扎着前行，但是成长中的辛苦与磨难对我来说不失为人生的无价之宝。它们对我的历练使我现在有自信站在这里说："我喜欢我做的选择，我喜欢现在的自己。"

　　最后，我想说，虽然本书有时为了体现差异，将中美两国对比着来叙述，但是无论是中国人还是美国人，绝大多数的我们都是平凡人——我们都想事业成功，住在漂亮的大房子里，拥有幸福美满的家庭、豪华的汽车，然后周游世界。在这一点上，我们几乎有着同样的理念。不要被夸张的影视作品和只顾博眼球的媒体宣传迷了眼，其实我们都是非常努力上进的国家，都是有抱负有理想，会将有限的生命投入无限伟大事业中的民族。不同的，只有我们的方法与路径。所以，我希望美国和中国可以长久地携手同行，一起努力！

2023 年 12 月

图书在版编目(CIP)数据

童年的漂流瓶 / 小文子，（美）瑞德著. -- 上海 ：
学林出版社，2024. -- ISBN 978-7-5486-1993-2

Ⅰ. I267；I712.65

中国国家版本馆 CIP 数据核字第 2024F2G213 号

责任编辑 王　慧
装帧设计 今亮后声
封面创意 小文子

童年的漂流瓶

小文子
〔美〕瑞　德　著

出　　版　学林出版社
　　　　　（201101　上海市闵行区号景路 159 弄 C 座）
发　　行　上海人民出版社发行中心
　　　　　（201101　上海市闵行区号景路 159 弄 C 座）
印　　刷　上海雅昌艺术印刷有限公司
开　　本　890×1240　1/32
印　　张　8.25
插　　页　32
字　　数　17 万
版　　次　2024 年 8 月第 1 版
印　　次　2024 年 8 月第 1 次印刷
ISBN 978 - 7 - 5486 - 1993 - 2/G · 767
定　　价　88.00 元

（如发生印刷、装订质量问题，读者可向工厂调换）